NUNCA
VOU TE PERDOAR
POR VOCÊ
TER ME OBRIGADO
A TE ESQUECER

Nunca vou te perdoar por você ter me obrigado a te esquecer

Copyright © 2023 da Starlin Alta Editora e Consultoria Eireli.
ISBN: 978-65-81275-45-7

Impresso no Brasil — 1ª Edição, 2023 — Edição revisada conforme o Acordo Ortográfico da Língua Portuguesa de 2009.

Todos os direitos estão reservados e protegidos por Lei. Nenhuma parte deste livro, sem autorização prévia por escrito da editora, poderá ser reproduzida ou transmitida. A violação dos Direitos Autorais é crime estabelecido na Lei nº 9.610/98 e com punição de acordo com o artigo 184 do Código Penal.

A editora não se responsabiliza pelo conteúdo da obra, formulada exclusivamente pelo(s) autor(es).

Marcas Registradas: Todos os termos mencionados e reconhecidos como Marca Registrada e/ou Comercial são de responsabilidade de seus proprietários. A editora informa não estar associada a nenhum produto e/ou fornecedor apresentado no livro.

Erratas e arquivos de apoio: No site da editora relatamos, com a devida correção, qualquer erro encontrado em nossos livros, bem como disponibilizamos arquivos de apoio se aplicáveis à obra em questão.

Acesse o site **www.altabooks.com.br** e procure pelo título do livro desejado para ter acesso às erratas, aos arquivos de apoio e/ou a outros conteúdos aplicáveis à obra.

Suporte Técnico: A obra é comercializada na forma em que está, sem direito a suporte técnico ou orientação pessoal/exclusiva ao leitor.

A editora não se responsabiliza pela manutenção, atualização e idioma dos sites referidos pelos autores nesta obra.

Dados Internacionais de Catalogação na Publicação (CIP) de acordo com ISBD

F996n   Fux, Jacques
        Nunca vou te perdoar por você ter me obrigado a te esquecer / Jacques Fux. - Rio de Janeiro : Faria e Silva, 2023.
        96 p. ; 13,7cm x 21cm.

        ISBN: 978-65-81275-45-7

        1. Literatura brasileira. 2. Romance. I. Título.

2023-944   CDD 869.89923
                                                    CDU 821.134.3(81)-31

Elaborado por Odilio Hilario Moreira Junior - CRB-8/9949

Índice para catálogo sistemático:
1. Literatura brasileira : Romance 869.89923
2. Literatura brasileira : Romance 821.134.3(81)-31

Produção Editorial
Grupo Editorial Alta Books

Diretor Editorial
Anderson Vieira
anderson.vieira@altabooks.com.br

Editor
Ibraima Tavares
ibraima@alaude.com.br
Rodrigo Faria
rodrigo.fariaesilva@altabooks.com.br

Vendas ao Governo
Cristiane Mutús
crismutus@alaude.com.br

Gerência Comercial
Claudio Lima
claudio@altabooks.com.br

Gerência Marketing
Andréa Guatiello
andrea@altabooks.com.br

Coordenação Comercial
Thiago Biaggi

Coordenação de Eventos
Viviane Paiva
comercial@altabooks.com.br

Coordenação ADM/Finc.
Solange Souza

Coordenação Logística
Waldir Rodrigues

Gestão de Pessoas
Jairo Araújo

Direitos Autorais
Raquel Porto
rights@altabooks.com.br

Assistente Editorial
Milena Soares

Produtores Editoriais
Illysabelle Trajano
Maria de Lourdes Borges
Paulo Gomes
Thales Silva
Thiê Alves

Equipe Comercial
Adenir Gomes
Ana Carolina Marinho
Ana Claudia Lima
Daiana Costa
Everson Sete
Kaique Luiz
Luana Santos
Maira Conceição
Natasha Sales

Equipe Editorial
Ana Clara Tambasco
Andreza Moraes
Arthur Candreva
Beatriz de Assis
Beatriz Frohe

Betânia Santos
Brenda Rodrigues
Caroline David
Erick Brandão
Elton Manhães
Fernanda Teixeira
Gabriela Paiva
Henrique Waldez
Karolayne Alves
Kelry Oliveira
Lorrahn Candido
Luana Maura
Marcelli Ferreira
Mariana Portugal
Matheus Mello
Milena Soares
Patricia Silvestre
Viviane Corrêa
Yasmin Sayonara

Marketing Editorial
Amanda Mucci
Guilherme Nunes
Livia Carvalho
Pedro Guimarães
Thiago Brito

Atuaram na edição desta obra:

Revisão Gramatical
Ana Clara Mattoso
Evelyn Diniz

Diagramação
Alice Sampaio

Capa
Marcelli Ferreira

Editora afiliada à: ASSOCIADO

Rua Viúva Cláudio, 291 – Bairro Industrial do Jacaré
CEP: 20.970-031 – Rio de Janeiro (RJ)
Tels.: (21) 3278-8069 / 3278-8419
ALTA BOOKS www.altabooks.com.br – altabooks@altabooks.com.br
GRUPO EDITORIAL Ouvidoria: ouvidoria@altabooks.com.br

Jacques Fux

NUNCA VOU TE PERDOAR POR VOCÊ TER ME OBRIGADO A TE ESQUECER

ALTA BOOKS
GRUPO EDITORIAL
Rio de Janeiro, 2023

Mas ser feliz ou infeliz nos leva a escrever de maneiras distintas. Quando somos felizes, nossa fantasia tem mais força; quando somos infelizes, então é nossa memória que age com mais vivacidade. O sofrimento torna a fantasia fraca e preguiçosa; ela se move, mas desinteressadamente e com langor, com o movimento frágil dos doentes, com o cansaço e a cautela dos membros doloridos e febris; é difícil afastarmos o olhar de nossa vida e de nossa alma, da sede e da inquietude que nos invade. Nas coisas que escrevemos afloram então contínuas lembranças do nosso passado, nossa própria voz ressoa continuamente, e não conseguimos impor-lhe o silêncio.

Natalia Ginzburg
As pequenas virtudes

Sumário

O equilibrismo da atriz
e a ausência do escritor.................................... 1

A urgência da histérica
e a fuga do obsessivo 39

Desmemórias 71

O equilibrismo da atriz
e a ausência do escritor

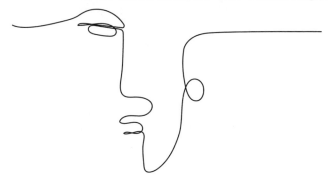

"Jacques, você vai ter que ser isolado."

Aqui, a história das reminiscências do amor de um escritor por uma atriz. Restos, destroços, fragmentos de memórias, momentos, instantes... escombros do arrebatamento entre Jacques e M.

Não, Jacques. Nada disso. Não invente uma realidade para se vingar da ficção. Aqui, apenas a sua versão da história. Uma visão adulterada pelo seu orgulho mortificado. Narcisismo ferido. Você não suportou a rejeição, a separação, o esquecimento dos amantes.

Eu não queria, M. Não queria mais ter que escrever sobre meus sentimentos – expor minha carne, minha alma, minha fragilidade. Não pretendia, M, mas foi a única forma que encontrei para me livrar de você. Sublimar e superar a dor.

Mentira, Jacques. O escritor tem prazer em expor intimidades, violar privacidades. Você, escritor, goza ao transfigurar histórias. Ao transbordar, inundar e ferir personagens indefesos.

A minha memória é involuntária, M. Ela resulta de acasos e surpresas. Epifanias. Estilhaços de você – que ainda tento resguardar – eclodem, apesar de escaparem furtivamente por entre as lacunas da deslembrança. O que resta são farrapos de registros e retalhos. Escrevo porque essa história não poderia desaparecer com o afastamento. Preciso reter o que persiste, estancar o tempo, emoldurar as sombras que ainda perduram em pontos, riscos e marcas. É necessário escolher o que deve desmoronar a fim de preservar aquilo que desejamos que volte e que sobreviva.

Não desejo que nada volte, Jacques. Você não entende? Terminei com você. Compus um réquiem, teci um epílogo. Está acabado. O que perdura é o que ainda não se apagou com o tempo. Eu não sorrio quando me lembro de você, Jacques. Não tenho nostalgia, vontade, desejo. Não me dói saudade nenhuma.

Eu me lembro de quando nos conhecemos, M. Você me mandou uma mensagem por Facebook e eu não tinha a menor ideia de quem seria. Sua foto, um tanto desbotada e apagada (já seria a sua imagem desvanecendo, e a minha lembrança se eclipsando?), mirava o infinito. Carregava um sorriso que me fulminou.

Eu fantasiava o escritor que acabava de lançar um livro e revelava faltas e falhas. Você me parecia confiante, estava sempre sorridente nas entrevistas. Eu te fabulei, Jacques. E, até quando essa mentira durou, te desejei.

Tudo é falso, M. A mente, adulterada pelos sentimentos, é rica em erros, distorções, associações inexistentes, fluxos impossíveis. Será que seleciono lembranças para não esquecê-las, ou para moldá-las ao meu bel-prazer? Busco perdão, redenção ou autoindulgência? Não sei; a percepção e a compreensão, durante o ato da escrita, acinzentam o resgate à memória.

As nossas experiências, M, me deixaram um traço, um epitáfio, uma pista que transcende. Tudo é modificado-mortificado. O "real" permanece apenas como inscrição enevoada. Proust escreveu: "é preciso que a relva cresça e que as crianças morram". A lei cruel da arte – da nossa arte, M – é que o tempo passa e que todos morremos esgotando os sofrimentos para que então, viceje a relva, não do esquecimento, mas da arte. Essa relva espessa e espinhenta das obras fecundas sobre as quais as gerações de sua filha e de suas netas virão a compor o seu "almoço sobre a relva".

Nem Proust você conseguiu superar, Jacques. Cita um livro sobre a memória enquanto aqui buscamos o esquecimento. A minha história de amor é outra e será reescrita por outros. Algumas breves e fugazes lembranças suas, que ainda restam, serão substituídas por novas, mais vívidas e simbólicas. Não falo mais de você, não menciono o seu nome, seus livros foram vendidos para o sebo – e não apaguei as dedicatórias, Jacques. Alguém as lerá e nunca saberá o que se passou conosco. Palavras perdidas no tempo, na relva, na ossada. Em mim, Jacques, nada permanecerá, ainda que fique entalhado neste infortunado livro.

Respondi àquela sua primeira mensagem, M, no ápice da minha vaidade. Tinha ganhado um prêmio, estava iluminado por holofotes e desejos. Os sonhos estavam se tornando verdade – e as expectativas prontas para desabar. No auge da minha soberba, fui blasé. Encenava um papel que não era meu. Criava uma história que jamais conseguiria narrar. Ficcionalizava um personagem insustentável. Foi por esse intérprete que você se apaixonou, M. E por muito tempo sustentei tal papel.

Desconfio de suas declarações e de sua atitude, Jacques. Sempre. Você nunca entendeu o meu primeiro convite para compartilhar um sorriso. Ou, se o entendeu, representou o performer ingênuo. Hoje, com o passar dos anos, e com as palavras que você me arranca sem licença, confesso que aquilo me chamou a atenção. Se todos se derretiam pela imagem enfeitiçada e pelo canto homérico da atriz-sereia, Cênis-Ceneu, você aparentava estar com os ouvidos oclusos e com os olhos vendados. Estratégia? Enigma? Abismo?

Mas o que você nunca soube, Jacques, é que se o escritor bufava altivez e autoestima, a atriz estava em frangalhos. Foi uma fase difícil – poucos trabalhos, abalos amorosos, problemas financeiros. Discriminação. Preciso do público, do aplauso, da arte e da paixão sempre pulsante e presente – à flor intensa da pele. Necessito sentir a arte espinhando meu ser, perturbando meu sono, afligindo meu respirar e desconcertando meus sonhos. Sem ela perene – sem a vida como um eterno palco – a realidade é insuportável. Buscava em você, Jacques, o espectador faltante.

M, você é musa real e inventada. Atriz, cor de fogo, sorriso travesso, olhar arguto, cantos e contos de sereia. Você é aquela que faz da arte uma encenação encantada da vida. Personifica a diva mitológica no palco, na televisão, no cinema e na cama. Fruto proibido do desejo recalcado.

Jacques, você conviveu comigo por anos e ainda não compreendeu que a atriz é um símbolo idealizado? Que não sou, e ninguém é, aquilo que aparenta? Que as pessoas são inacessíveis? Que o amor, a paixão e o desejo não passam de narcisismo? Finjo, finjo bem, finjo tão bem que você insiste em me resgatar com a "vultuosidade dos meus cabelos ruivos que incineram e inflamam a cobiça pelo corpo e pela minha seiva, mas que ao dormir, presos e atados, te rejeitam e te repulsam com o fim do amor"? Você escreveu isso pensando em mim, Jacques, ou é mais um de seus degenerados engendramentos? Estas são as minhas palavras, os meus pensamentos, as minhas respostas, ou é o maldito escritor criando nas letras o que não foi capaz de assumir em vida?

Quem sou eu, M? Sou quem escreve ou quem viveu a rejeição? Será que o artista-escritor deve corresponder, na vida, à moral de suas personagens? O que pensar da intromissão da realidade na ficção? E, mais importante, como aceitar a intromissão da ficção na realidade? "Estes trêmulos revestimentos de arco-íris que irradiavam as paredes do meu quarto e os banhavam com uma luz de história tão antiga e tão poética (porque) me transportavam ao mesmo tempo às infelicidades imaginárias e ao passado mais profundo."

O lânguido escritor tem que escrever e citar frases – falsas – de impacto, Jacques? Sempre medroso e covarde, questionando de forma enfadonha se há alguma verdade (ou mentira) no ato de ficcionalizar? Chega de se (e me) enclausurar nas asas da ficção. Se liberte, Jacques, e me liberte desse enredamento de palavras.

Sempre me recordo do nosso primeiro encontro, M. Você me esperava no aeroporto. Estava tensa, sorriso nervoso, olhar fugidio – parecia arrependida e temorosa. Mas a atriz irrompeu e atuou: roupas exóticas – ao menos aos meus olhos pouco criativos para as suas luzes e sabores –; perfume exalando prazeres, volúpia e perigos; pele translúcida: alabastro que refletia vaidade e escondia a alma. Qual era a sua fantasia? Seu desejo? Sua vontade? Você é um contínuo, M, evento que ainda subsiste. Lembrar é de alguma forma reviver. Recriar. Resgatar. "Comigo, as coisas não têm hoje e anteontem amanhã: é sempre."

Jacques, eu me preparei para aquele encontro. Pensei nas roupas, flertei perfumes, tramei palavras. Cortejei ser cortejada. Ensaiei sorrisos, trejeitos e gestos – articulei desregrados descuidos. Desejosa, desejei.

E você me surge desleixado e relapso! Uma esfinge? Um mistério que eu teria que desvendar?

Você não me olhava, Jacques. Medo do meu segredo? Você não me enxergava no início. Fugia. Seu ego era maior que o meu? Ou o romance – assim como os livros – seria apenas sobre você?

Você é minha personagem, M. Musa e parceira. Você invade o segredo íntimo do escritor-confessor. Invasão sádica, imaginada e amaldiçoada, que contempla a minha confissão. Testemunho e revelação que disponibilizam o acesso atemporal da memória. É no branco do esquecimento que a imagem do espírito repousa e se afasta. Embalada pela nau da narrativa, você ressurge, M, estranha, ausente. Mas eu "não devia de estar relembrando isso, contando assim o sombrio das coisas. Lenga-lenga! Não devia de. Mire veja: o que é ruim, dentro da gente, a gente perverte sempre por arredar mais de si. Para isso é que o muito se fala?"

Jacques, volte aqui. Eu não sou literatura. Eu não sou Diadorim – não adultere os nomes nem as histórias. Não me confunda; Reinaldo-Diadorim só existiu na voz de seu narrador. E ele, Riobaldo, amou intensamente o guerreiro-donzela, mesmo se escondendo. Já você, Jacques...

Eu existi – existo, sou real –, embora o que esteja fazendo comigo seja uma transgressão. A única verdade aqui é que você se aproxima de Riobaldo em sua tolice, covardia e mesquinhez. Assim como você, ele não suportou e nem sustentou o seu amor pelo verdadeiro Diadorim – porém a narrativa engana o passado.

Fomos ao cinema no nosso primeiro encontro. O filme era israelense. Horrível. Um prólogo ruim para a nossa encenação. Não parava de pensar se você iria receber meu beijo, carinho, amor de escritor. Se eu teria coragem... Infelizmente, aquelas horas passaram, como atravessaram os anos, agora repleto de cicatrizes. Porém, no ato da escrita, algo – um afã? – retorna.

Você ainda aceitaria aquele meu beijo, M? Os carinhos desastrados? Será possível retomar, reviver, recriar outros momentos juntos? Sei que a hora perdida do filme, da performance, do enredo – e dos sentimentos – se extinguiram, mas seguem palpitando. "Uma hora não é apenas uma hora, é um vaso repleto de perfumes, de sons, de projetos e de climas. O que chamamos de realidade é determinada relação entre sensações e lembranças a nos envolverem simultaneamente. Relação única que o escritor precisa encontrar a fim de unir-lhe para sempre em sua frase os dois termos presentes." Inflamo esses momentos proustianos, M.

Não foi nada disso, Jacques. Não dramatize em excesso. Você se excede em tecidos e sentimentalidades.

Acho que você estava pouco interessado e com medo de mim, mas se vale da ficção para engrandecer – enobrecer? – sua arte e diminuir a minha. O filme era bom; seu beijo temeroso nem tanto. Era o primeiro dos encontros-desencontros, Jacques, não percebeu? E como nossos beijos não se fundiam, tratei de me esforçar para que a nossa peça se tornasse arte. "Obra de arte" não exige, afinal, um intenso trabalho? Assim como fiz papéis horríveis e não desisti, insisti na gente. Você era a vidarte que não podia recusar.

Eu fui aprendendo a gostar de você, M. O problema é que o aprender já é o próprio viver. Um viver como um rascunho-rasura mal-acabado, bem distante do que é a literatura. A vida é um manuscrito, M? A vida na hora, sendo e se sucedendo, como escreveu Wislawa Szymborska: "Se eu pudesse ao menos praticar uma quarta-feira antes / ou ao menos repetir uma quinta-feira outra vez! / Mas já se avizinha a sexta com o roteiro que não conheço".

O livro-arte é sempre uma repetição da repetição de um processo exaustivo de desdizeres de recalques e contestações falhas. Já o manuscrito, M, é gênese, ato-instante. E, assim como a vida, repousa na arte da decifração. Habita o reino inapreensível do momento. Será que aqui busco o rascunho ou a escritura? Um alfarrábio ou uma bíblia?

Enquanto você dizia se empenhar em me amar, Jacques, eu aprendia a desaprender. Você era um nevoeiro;

Jacques Fux   13

seu desejo era uma esfinge. Suas palavras não se manifestavam em meu corpo; suas letras não se inscreviam. Sim, Jacques, a vida é um manuscrito – e é por isso que a arte do teatro e da performance é mais rica do que a literatura. Toda encenação se esvai. Desaparece, escorre e dissipa – uma perpétua mise-en-scène. *Pulsa. Pulsional. Tem a duração de música, de canto, de voo. Da finitude e da potência de um orgasmo. Tem o componente principal da vida: o imponderável. O inusitado – mesmo com ensaio e dedicação – pode e vai acontecer. E é muito bem-vindo.*

A literatura é falsa. Ofício de ourives, dedicação de Sísifo, falácia da eternidade.

Eu escrevo, M. Escrevo sobre nós para remodelar um mundo. Cada passagem, M, cada imprevisto foi único. Todo resquício se torna uma totalidade – e toda totalidade desempenha o papel ínfimo e infinito dessas partes. O escritor é um charlatão autocentrado e, assim como entoa Rimbaud, recria o futuro – consequência temporal do que nunca existiu: "o Poeta se faz vidente através de um longo, imenso e refletido desregramento de todos os sentidos. Todas as formas de amor, de sofrimento, de loucura; ele procura nele mesmo, ele esgota nele todos os venenos, para só guardar as quintessências".

Você devia ter atravessado e suportado o seu desejo, Jacques. E não apenas me acompanhado, ausente, para que um dia eu me tornasse literatura – esse espelho canônico. A vida é mais preciosa do que as palavras. O viver (perigoso) é mais nobre do que o escrever, Jacques.

Você também é culpada, M. Queria apenas me seduzir. Clichê? Será que a atriz, ao colocar um fim, não almejava apenas ser eternizada na literatura? A rejeição, afinal, era o seu ego se excedendo, M.

Nossa história foi uma batalha de egos, Jacques. De egos e expectativas. Eu cortejava as tragédias encenadas – você, as escritas. Eu me jogava, chorava e me acabava – você se retraía e se amarrava em silêncios. Eu te atacava – você se retirava. Eu te ofertava meu corpo, minha alma – você se escondia e se acobertava nos livros. Você sofre depois. Depois do fim, depois do tempo e da memória. Não tem mais sentido, não tem mais volta, não há esperança. Eu sofri, sofri muito, Jacques, mas já te esqueci.

Rodin. Klimt. Di Cavalcanti. Toulouse-Lautrec. Magritte. Picasso. Brancusi. Chagall. Bouguereau. Cezanne. Renoir. Munch. O nosso beijo, M.

Ao sairmos do cinema, eu já tinha quase desistido. Achava que não estava interessada, mas aconteceu... e foi bom. Sentamos no café e me convenci de que precisava tentar. O escritor iria se trair por executar o que vislumbrava somente em sonhos. Quando senti a sua película úmida, experimentei o estarrecimento. Aquilo viraria paixão, se transtornaria em amor e me apunhalaria como doença.

Curiosidade, Jacques. Precisava desnudar o escritor. Queria ludibriar o ficcionista com as artes da atriz. Convencê-lo da minha destreza. Atuei. Não sei se foi bom ou ruim – do beijo, não me lembro; do sabor, me esqueci; o perfume, encoberto.

Nunca mais ouvi a sua voz, M. Melancolia. E depois desses anos, com essas palavras apodrecendo dentro de mim – culpadas pela minha doença – fabulo o seu canto da nossa primeira noite, após o beijo. Sua trova, M, seu silvo-sibilo – vociferação cortante na minha alma – me paralisa. Respiro, fecho os olhos e tento abarcar tudo o que aconteceu naquela noite.

Confesso que já não me lembro. Fui obrigado a esquecer. Sei que houve o embate dos corpos em sua casa – o desencontro do escritor e da atriz em seu espelho. Eu, funâmbulo cego e louco nos fios da vida; você, mito mística dissimulando o impossível amálgama do corpo e da arte.

Não me lembro, não me lembro, por deus-demoníaco, como posso ter esquecido!? Eu não me recordo mais do seu grito, do seu culto, do seu uivo-melodia que me converteu e me arruinou.

Você tenta contar a história seguida, Jacques, de forma lógica e racional. O primeiro contato, o encontro, o beijo, a gênese. Mas "a lembrança da vida da gente se guarda em trechos diversos, cada um com seu signo e sentimento, uns com os outros acho que nem não misturam. Contar seguido, alinhavado, só mesmo sendo as coisas de rasa importância". Foi raso, Jacques? É por isso que se lembra, assim, de forma insidiosa e sucessiva?

Em 1977, M, ano em que nasci, Ilya Prigogine recebia o Nobel de Química, e definia atrator como "um conjunto tão denso de pontos, que seria possível encontrá-los em qualquer região, por minúscula que seja". A beleza está no ato do encontro, como diz James Gleick: "Os pontos vagueiam tão aleatoriamente, a configuração surge tão etereamente que é difícil lembrar que a forma é de um atrator. Não é apenas uma trajetória qualquer de um sistema dinâmico. É a trajetória para a qual convergem todas as outras trajetórias. É por isso que a escolha das condições iniciais deixa de ter importância." Davi Ruelle chamou esses pontos-amantes de "atratores estranhos" ou "atratores fractais".

M, acredito que vagávamos aleatoriamente por esse mundo antes de nos conhecermos e, qualquer que fosse a trajetória que tomássemos, teríamos obrigatoriamente nos encontrado. E nos distanciado.

Nosso romance começava ali no café, no cinema, nos corpos. Um encontro sensível, delicado, delineado pelos egos limítrofes do escritor e da atriz. Pela substância espiritual, abstrata, amorfa e incorpórea que buscava a canonização do escritor e o diamantizar da atriz. M e Jacques, atratores estranhos.

Você de fato acredita nisso, Jacques? Ciência? Destino? O destino do encontro e a obrigação da separação? O que realmente começava ali, Jacques, com o nu de uma atriz? Apenas o branco especular, o rasgo do corpo encenado, a pulsão de morte que ressoa ao fim de uma apresentação. O que se iniciava e se acabava, Jacques, era a dissimulação do crítico, a interlocução do ausente, a gênese do cego, o grito do surdo, o canto do mudo e a desavença definitiva dos nossos egos.

Jacques Fux 17

Não, não foi assim, M. Antes dos corpos-egos, você cozinhou para mim na sua casa. E eu desvendava seus sorrisos. Eram tantos, tão diferentes! Um sorriso ao transparecer seu lado erudito, leitora, poeta. Um outro, ao cantar as badernas e os divertimentos de sua filha. Surgia também um riso curto, ao mencionar, acanhada, a leitura dos meus livros. Ainda um longo e fugidio sorriso libidinoso – acompanhado de um leve fechar de olhos – provocando luxúria. Havia um rápido, com os olhos bem abertos, em tom de admiração. Um alto, seguido de uma interjeição cantada e desafinada, como o suspiro de uma sanhaçu-vermelha. Ah, M, quantas saudades! E como certas saudades rasgam.

Algum desses sorrisos era real, M? Algum deles foi regido somente para mim?

Em uma peça, Jacques, eu recitava o "Sorriso", de Blake: "há um sorriso que é de amor / e há um sorriso de maldade, / e há um sorriso de sorrisos / onde os dois sorrisos têm parte. / e há uma careta que é de ódio, / e há uma careta de desdém / e há uma careta de caretas que te esforças pra esquecê-la bem, / pois ela fere o coração no cerne / e finca fundo na espinha dorsal / não um sorriso que seja inédito / mas único sorriso solitário. / e entre o berço e o túmulo / somente uma vez se sorri assim; / e uma vez havendo sorrido / todas as misérias têm seu fim".

A atriz sempre sorri para o escritor e para o público, Jacques. Mas, para você, com o passar do tempo, foi preciso inventar certas caretas.

Mas, M, a gente se encontrava na arte. O escritor e a atriz se complementavam nos sonhos de sucesso, na procura por trabalhos, nos monólogos intertextuais. O desencontro nunca aconteceu na amizade, tampouco na inocência e no carinho do abraço.

Se lembra daquele poema da Plath, Jacques, que recitávamos juntos? Eu era a sua encantadora Lady e você meu linho judeu...

Sim, M, nunca vou esquecer. Você, minha lady piranga, pyros, rubra, com seu cabelo ruivo-caranha, baúna de fogo – sempre a me devorar. "Um tipo de milagre / (...) Brilha feito abajur nazista (...) / Meu rosto inexpressivo, fino / Linho judeu. /"

Sim, Jacques, minhas vida-obras de atriz: "Oh, meu inimigo. / Eu te aterrorizo? / O nariz, as covas dos olhos, a dentadura toda? / O hálito amargo / Desaparece num dia./ Em muito breve a carne / E eu uma mulher sempre sorrindo. / Tenho apenas trinta anos. / E como o gato, nove vidas para morrer. / Esta é a Número Três."

Eu era a sua terceira vida, M? Seu terceiro amor? "Que besteira / Aniquilar-se a cada década. / Um milhão de filamentos. / A multidão, comendo amendoim, / Se aglomera para ver / Desenfaixarem minhas mãos e pés." Eu te assistia, M, sempre encantado quando recitava poemas e exibia uma certa verdade de alma.

Em cartaz, Jacques, eu sempre me despia, me feria e me chocava. "O grande striptease. / Senhoras e se-

nhores, / Eis minhas mãos / Meus joelhos. / Posso ser só pele e osso, / No entanto sou a mesma, idêntica mulher. / Tinha dez anos na primeira vez. / Foi acidente. / Na segunda quis / Ir até o fim e nunca mais voltar. / Oscilei, fechada / Como uma concha do mar. / Tiveram que chamar e chamar. / E tirar os vermes de mim como pérolas grudentas. / Morrer / É uma arte, como tudo o mais. / Nisso sou excepcional. / Desse jeito faço parecer infernal. / Desse jeito faço parecer real."

Morrer, Jacques, morrer é uma arte.

Eu também morro, M. Morro ao me lembrar de você. Tenho vocação para a dor escrita, não para a vida. "Vão dizer que tenho vocação. / E muito fácil fazer isso numa cela. / É muito fácil fazer isso e ficar nela. / É o teatral. (...) / Há um preço / Para olhar minhas cicatrizes, há um preço / Para ouvir meu coração – / Ele bate, afinal. / E há um preço, um preço muito alto / Para cada palavra ou cada toque / Ou mancha de sangue / Ou um pedaço de meu cabelo ou de minhas roupas." Você está inscrita em cicatrizes e rasgos espessos e profundos, M.

Será mesmo, Jacques? Será, Herr doktor Fux? "E aí, Herr Doktor. / E aí, Herr Inimigo. / Sou sua obra-prima, / Sou seu tesouro, / O bebê de ouro puro / Que se funde num grito. / Me viro e carbonizo. / Não pense que subestimo sua grande preocupação. / Cinza, cinza – / Você fuça e atiça. / Carne, osso, não há mais nada ali – / Barra de sabão, / Anel de casamento, / Obturação de ouro. / Herr Deus, Herr Lúcifer / Cuidado. / Cuidado. /

Saída das cinzas / Me levanto com meu cabelo ruivo / E devoro homens como ar".

Jacques, muitos leem esse poema como uma narrativa dos impulsos suicidas da autora. Mas, interpreto de um modo diferente: ao descrever a morte como um ato-obra de arte, Plath faz questão de incluir o espectador, já que essa morte é também uma performance e, portanto, necessita da participação do público. A ansiosa "multidão, comendo amendoim" é criticada por seu impulso voyeurístico. Essa multidão é também de leitores, que se divertem com a vida e a intimidade dos personagens expostos. Voyeurs que pagam para "olhar minhas cicatrizes, para ouvir meu coração".

Jacques, meu coração bate – e não é mais pelo escritor. Minhas cicatrizes estão nestas letras arrancadas – e você não tem o direito de exibi-las.

Sou devorado pela lembrança. Tenho em mim uma coleção mentirosa de recordações, imagens, fotos, sons, sensações e sentidos que antecederam a escritura. Disponho de uma intenção, de um desejo expresso de iniciar ou retomar um romance, uma outra história, um novo ocaso. Mas me falta tudo. Falta você, M. Careço das conversas, da parceria e da compreensão da arte – mesmo que sejam a arte e a vida separadas. Somos seres isolados, distanciados, faltantes. Só a arte nos dá uma falsa ideia de conexão.

Por isso a arte da atuação, Jacques, da dissimulação e do afastamento. O objeto artístico é um signo vazio – há sempre um convite às improvisações performáticas e à fantasia. O corpo da atriz é parte da recepção, tem valor e peso estéticos. Eu, atriz, sou a aura da obra de arte. Você, espectador ativo, vive "uma espécie de amor paradoxal: um querer ter e não poder ter, um amor que se alimenta da inacessibilidade e que, se chega a possuir o objeto desejado, perde por ele toda a atração". É essa inacessibilidade que a atriz oferece e usurpa, concede ilusoriamente, mas logo surrupia – à luz do dia e diante do incrédulo, voyeurístico e sádico público.

Não tenho muitas lembranças dos nossos primeiros dias, parece que se a-morti-zaram. Os corpos se desencontraram, M? Os egos se diluíram? Sei que eu continuava blasé, e você insistia em me desvendar. Agora me arrependo de não ter me jogado, de não ter me entregado, de não ter me destituído de vaidade. De não ter tido coragem.

Infelizmente, para um escritor, o amor a posteriori é mais intenso, mais doloroso e cruel que o presente. Classe maldita, estúpida, pobre de vida – *coisa de escritor*. Anos se passaram... as cenas não existem mais, embora eu vasculhe e revire.

No nosso segundo encontro, M, você me pediu em namoro. Na minha casa. Com um sorriso até então desconhecido: sem graça, sem lugar, mas com sentido e vontade. Era um sorriso de chamamento ao abismo, de convite ao mergulho, da venda de um bilhete para embarcar – e abarcar – na sua odisseia. Você propôs guiar-me pelas sombras do desconhecido, pelos precipícios e deleites dos assombros. Aceitei. Não houve como fugir desse chamamento.

Porém, depois do nosso primeiro término e do retorno em seguida, quando os papéis se inverteram – você se tornara blasé e desinteressada; eu, tresloucado, decidido a te reconquistar –, resgatei esse dia do pedido de namoro. M, você não se recordou – ou fingiu. Foi cruel.

Você se lembra e resgata sentimentos dilapidados, Jacques. Você retorna às emoções perdidas e desoladas. Eu já as exorcizei no "durante", no momento vivente – coisa de atriz. Por isso, esquecendo-me, construo continuamente outros enredos e tramas.

Por que, Jacques, por que não foi capaz de viver o "enquanto"? Cleópatra, de Shakespeare, exclama: "Se é amor, realmente, revelai-me quanto!" Eu esperei tanto pela sua revelação, pela sua entrega... e só agora você se expõe, me comove e me resgata. Só agora eu sou o "fogo", a "musa das chamas tórridas" por quem você deseja ser devorado, mas para quem nunca se entregou.

Antônio, nessa mesma peça de Shakespeare, responde: "Pobre é o amor que pode ser contado". A atriz é capaz de celebrar o amor enquanto "vivo", mas é o escritor que tem a coragem e a audácia de se agarrar a uma paixão do passado e transformá-la em arte.

Cleópatra é vida ou é apenas arte sacra e morta, Jacques? Quando ela brada: "oh mui fingido amor! Onde se encontram os vasos sacrossantos que devias encher com tuas lágrimas doloridas?" O que realmente está buscando? Ela almeja a entrega vociferante da atriz e não a sordidez ilusória do escritor.

A única vez em que você chorou, Jacques, foi a última. Eu me derretia quase diariamente em lágrimas: reclamações, brigas, vasos de memórias destruídos. A atriz tinha gana de trazer o escritor para o momento, para o instante-instaus: o que aperta, persegue o olhar e o toque reprimido. Não consegui; você permanecia inserido no seu pestilento pretérito e no hediondo porvir.

Esvaziado, refugio-me no martírio da criação das desmemórias. Conservo a imagem morta do amor. Você se torna apenas uma fotografia arruinada pelo tempo. Pintura, cenário e montagem desconstruídos e inacessíveis. M, M, M...

Depois do nosso término, eu ouvia tanto as músicas do Chico. Procurava conforto, consolo. O escritor sentia culpa – mártir do amor – por se tornar uma vítima da aura intangível da atriz. "Olha / Será que ela é triste / Será que é pintura / O rosto da atriz / Se ela dança no sétimo céu / Se ela acredita que é outro país / E se ela só decora o seu papel / E se eu pudesse entrar na sua vida". Eu nunca consegui entrar na sua vida, M. Quando você me convidou – ou falseou o convite – eu me abstive. Quando eu me convidei, M, sem fôlego, sem vela, sem autoestima, você me expulsou.

"Olha / Será que é de louça / Será que é de éter / Será que é loucura." Sim, M, é. É vão, é quebrável, é fantasma, é criação. "Será que é cenário / A casa da atriz / Se ela mora num arranha-céu / E se as paredes são feitas de giz / E se ela chora num quarto de hotel / E se eu pudesse entrar na sua vida." Em São Paulo, em turnê, você chorava constantemente em nossa suíte. Eu não te satisfazia – e por isso você me queria cada vez mais.

"Sim, me leva pra sempre, / M / Me ensina a não andar com os pés no chão / Para sempre é sempre por um triz / Aí, diz quantos desastres tem na minha mão." Nossas vaidades por um triz. Nosso amor funâmbulo.

"Olha / Será que é uma estrela / Será que é mentira / Será que é comédia / Será que é divina / A vida da atriz / Se ela um dia despencar do céu / E se os pagantes exigirem bis / E se o arcanjo passar o chapéu / E se eu pudesse entrar na sua vida." Sou o arcanjo passando o chapéu, o amante improvável, inútil, infeliz. Sou o escritor narrando os desastres.

O escritor, piegas, só dá valor ao que perde, Jacques? Ao que retorna em forma de memória, trama e enredo? O escritor só vive o amor quando acaba? Quando ele se dissipa, se acinzenta, se opaca? Você afugentou o amor para poder escrevê-lo. Para poder, enfim, viver, experimentar, corromper, na forma de uma escritura, o que nunca de fato existiu por sua culpa. O escritor clama pela posteridade, eternidade e plenitude da arte, mas não passa de um falsário e farsante – um criminoso do momento presente.

A atriz sabe que o espetáculo é vão. Que há de se viver o momento, a performance, o ato-instante. A atriz compreende que o vazio deve ser preenchido encore, encore et encore. *Ela sabe que tudo vai acabar, que nada restará, que o antes e o após são inócuos. Assim, não há outra saída: uma vez no palco é imprescindível viver, fruir, gozar... afinal, o aplauso ou a vaia virá. Mas esse epílogo será preenchido – nunca satisfeito – em um outro espetáculo, em uma outra atuação, com um outro amor, Jacques. Outros. Muitos. Tantos.*

Por isso, Jacques, a memória de você ao meu lado é apagada constantemente, assim como as falas, as entradas e saídas de cena, a iluminação, a respiração e a atenção, que vivenciei nas peças estão extintas. Diferente do escritor, a atriz espera o erro, e não o fim. É o erro, o tropeço, o imponderável que torna a minha arte bela. O escritor aguarda ansiosamente pelo término da apresentação – que obviamente foi falha – e a remodela do barro como um deus estúpido, criando um monstro-golem – fábula, fabuloso, fascinante, porém ridículo. A atriz teme – mas ambiciona – o embaraço, o engasgo, o improviso. O escritor se faz de vítima, se distancia e escreve. A atriz é a heroína-bichano que se atém ao momento.

Chico Buarque não sabe de nada, Jacques. Não é o público que deseja o meu despencar dos céus – é a própria atriz que tem consciência-vontade de que isso pode e vai acontecer. Essa é a nossa pulsão e o seu ocaso.

Um dia, passeávamos pelas ruas do Rio e conversávamos sobre os amores passados. Você me contou dos seus. Da dificuldade dos homens em te acolherem. Eu escutava com ciúme, não dos amores, mas das muitas Ms que atuaram longe de mim. Queria ter conhecido a pequena criança perseguida e oprimida – certamente eu a teria protegido. Queria ter dado colo e carinho quando, rejeitada, derramava lágrimas de atriz. Queria ter amado e possuído todas as Ms recalcadas que habitam em seus encaracolados cabelos de fogo e de fúria. Queria, queria muito, e por isso te ouvia com tanta atenção.

Naquele dia, você também me perguntou dos meus amores. Eu comecei a te contar sobre esse passado de olhares desencontrados, mas a atriz, em um ataque de raiva-ruiva, suspendeu a razão, dizendo que as lembranças do escritor-amante eram as mesmas descritas nos livros. Aquilo te deixou furiosa, M. Clarividência do nosso futuro? Era a ficção esbofeteando a realidade.

Mas, se o escritor narrou o que de fato aconteceu, isso não prova que também foi capaz de viver? Foi justamente pelas narrativas e personificação do autor que a atriz se apaixonou no primeiro encontro. Você se encantou pelas minhas palavras e invenções, M. E por isso – *tombée amoureuse* – que atriz em cena decidiu escrever ao escritor propondo um papel em sua vida.

Infelizmente, o escritor só pôde oferecer o protagonismo no livro – e na alma – após o fim.

Jacques, você não vê que essa M é uma cópia barata da outra? Não percebe que o escritor interferiu na vida da atriz? Que a sua protagonista "M" e eu somos seres-

-símbolos ausentes? Eu quero a vida, Jacques, não me interesso pela obra que fica.

A atriz de teatro pulsa, vive a cena, compartilha as emoções no instante e com o público. Esse é meu sonho, meu trabalho, minha realização. Sou diferente da intérprete de um filme – e da personagem de um livro de ficção – que não representa diante de um público, e sim diante do autor, do revisor, do produtor, das câmeras e do diretor que interferem o tempo todo. Um beijo, por exemplo, é gravado e narrado em vários pontos de vista, mas nunca na versão do amor. Meu beijo sempre foi amor, Jacques. Sempre. "O ator de cinema", diz Pirandello, "sente-se exilado. Exilado não somente do palco, mas de si mesmo. Com um obscuro mal-estar, ele sente o vazio inexplicável resultante do fato de que seu corpo perde a substância, volatiliza-se, é privado de sua realidade, de sua vida, de sua voz, e até dos ruídos que ele produz ao deslocar-se, para transformar-se numa imagem muda que estremece na tela e depois desaparece em silêncio. A câmera representa com sua sombra diante do público, e ele próprio deve resignar-se a representar diante da câmera".

Com você, Jacques, queria ser atriz, nunca intérprete. E em você buscava o amor-ato, não a descrição e transcrição do que agora você reproduz.

Faz muitos anos... faz tantos anos... e as suas fotografias ainda não se apagam. Duas fotos são as minhas preferidas. Uma é de você com sua filha, as duas com vestidos rosa. Você a mira com um amor indescritível, com um sorriso concebido apenas por uma mãe-pai pleno de amor. Princípio pleno e ardiloso do prazer original. Tirésias. A outra foto foi tirada na nossa última noite juntos. Você carrega a bebê do meu amigo usando o vestido com que eu te fantasiei. Cenas e imagens que urgem com tanta força.

Eis o passado, M, enclausurado, enfeitiçado, inacessível. Talvez ele nunca tivesse ressurgido na literatura se eu não tivesse adoecido. Susan Sontag escreveu sobre a foto, ausência-presença: "uma foto é tanto uma pseudopresença quanto uma prova de ausência. Como o fogo da lareira num quarto, as fotos – sobretudo as de pessoas, de paisagens distantes e de cidades remotas, do passado desaparecido – são estímulos para o sonho. Todos esses usos talismânicos das fotos exprimem uma emoção sentimental e um sentimento implicitamente mágico: são tentativas de contatar ou de pleitear outra realidade." Ao resgatar as fotografias, M, busco pelos rasgos da ausência.

A fotografia, Jacques, é uma testemunha, mas é uma testemunha do que já não existe. Um flerte com a morte.

Jacques, apesar de você se apegar a essas duas fotos, "a fotografia reproduz ao infinito o que só ocorreu uma vez: ela repete mecanicamente o que nunca mais poderá repetir-se existencialmente". Essa é a tristeza da sua arte: narrar os acidentes amorosos, as reminiscências ficcionais e os vestígios que nunca mais retornarão.

O escritor quer preencher o vazio de uma perda – ou a perda que efetivamente nos constitui – com histórias e palavras ainda mais vazias.

Um texto para o escritor é composto por fragmentos originais, lacunas, montagens, referências, acidentes, reminiscências, empréstimos voluntários e involuntários. Seu texto é farto de passados, Jacques, mas você se esquece da pessoa-atriz verdadeira. Ela é feita de migalhas de identificações e referências, de imagens incorporadas, traços de caráter assimilados e dissimulados, vidas vividas, abraçadas, distanciadas e também de relacionamentos e sentimentos ausentes-presentes, tudo formando uma ficção que se chama e se reconhece como "eu".

Você era vaidosa, M. Eu também. Escritor e atriz buscando o reflexo do espelho? O escritor se encontra e se esconde na obra escrita, enquanto a atriz se reconhece no espelho turvo. Fingidor, ele usa subterfúgios literários para encobrir e enaltecer suas falhas de caráter; heroína, ela dissimula, com espanto, perfeição e imponência, buscando desvendar seus traços e talhos psíquicos. "M tentava ver-se através do próprio corpo. Por isso, passava longos períodos em frente ao espelho. Esses olhares diante do espelho traziam a marca de um vício secreto. Não era a vaidade que a atraía para o espelho, mas o espanto de descobrir-se. Esquecia que tinha diante de si o painel dos mecanismos psíquicos. Acreditava ver sua alma se revelando sob os traços do seu rosto. Esquecia que o nariz é a extremidade por onde entra ar para os pulmões. Via nele a expressão fiel de seu temperamento." O escritor da *Insustentável leveza do ser* descreve a minha personagem melhor do que eu – ou seria tudo, mais uma vez, uma mentira?

Eu me lembro de você em público, M, encantadora. Não aparentava nenhuma fragilidade. Mas eu furtava seus lapsos atrás do espelho. De frente para ele, você se maquiava e se transportava para uma dimensão em que a imagem de glamour e a potência da atriz eram infinitas. Como não me curvar diante de você, M? Como não me escravizar em homenagem à atriz? Porém, de costas para esse mesmo espelho, o outro lado se revelava: anjo-caído, madrasta dos palcos e da vida, vivendo uma estiagem de desejos e o transbordamento de lágrimas. A atriz se desvelava, agora de cabelos presos, aura contida, óculos escondendo e amaldiçoando a violência da alma.

Você se lembra daquela trilogia, Jacques, "Antes do Amanhecer", "Antes do Pôr do Sol" e "Antes da Meia-Noite"? A Celine uma vez disse: "Acho que poderia realmente me apaixonar quando eu souber tudo sobre o outro – a maneira como ele vai pentear o cabelo, a camisa que vai usar num dia de sol e de chuva, saber a história que ele contará em uma situação". Eu sou o contrário, Jacques. Você, sempre desarrumado, com o mesmo tênis, a mesma blusa, o mesmo cheiro, a mesma calça que tanto me incomodava. Você, o mesmo corte de cabelo, as mesmas piadas, a compulsão por comida, as mesmas expressões, os mesmos inícios e fins de livros. O cochilo da tarde, os banhos, o sono, as doenças, as loucuras – tudo esperado e previsível. Tudo, com o fim do desejo, me despertando hostilidade. Eu te desvendava – sem mais encanto e deslumbre – e me frustrava.

Uma vez tentei te contar do meu desencanto – na esperança de nos salvar ou apenas postergar a dor – fazendo referência a um filme. Te disse que toda vez que você segurava o garfo como uma criança, deixava de te amar um pouquinho mais. Infelizmente, o escritor seguiu interpretando o mesmo papel e a atriz foi se afastando.

Nessa mesma trilogia, M, Jesse diz: "Você é igual a todas as garotinhas. Queria viver num conto de fadas. Já eu buscava melhorar nossa relação. Sempre falava do meu amor incondicional. Cantava sua beleza, exaltava sua arte e brincava que a sua bundinha ainda estaria linda e dura até os 80 anos."

M, enquanto eu comia, você regurgitava. Queria me expelir? Enquanto eu enlouquecia, você me afastava. Os seus braços eram os únicos que podiam sarar minhas tristezas, mas lentamente se fechavam para mim. Você tinha medo do que eu representava enquanto espelho do seu passado. Escritor e atriz se encontravam refletidos na loucura e na doença, e a atriz precisava ofuscar as próprias lembranças. A atriz era autonegação, e por isso se tornava mais e mais cruel.

Cruel, Jacques? Eu fiz tudo que pude para exorcizar o escritor. O escritor que nunca estava presente. O escritor descontente, aborrecido, farto do momento. A atriz se empenhava – alma, interpretação, suor – tentando resgatar o autor do vale habitado por palavras fracassadas e não escritas. Eu fantasiava que o seu suspiro pudesse estar junto ao meu ofegar. Que sua vontade e meu desejo se encontrassem. Que a concepção literária e a performance artística se aproximassem. Te amava, Jacques, mas você só me amou quando tudo se acabou.

O presente não existe, extinto, é dependente desse passado, luneta para o futuro. Das bilhões de possibilidades de espaço-tempo, das quase infinitas alternativas de histórias, de desencontros, de amores, do ínfimo cenário probabilístico do nosso encontro, M, convergimos. Como não registrar esse acaso? Como não eternizar a eventualidade dos astros? Toda a história tem um fim, o livro não.

Eu imaginava que o fim fosse de mãos dadas, Jacques. Queria que nesse fim – meu último ato – encenasse um sorriso inédito e um raio-chama de luz explodisse, reverberando minhas lágrimas de admiração. Desejava estar com você nos meus presentes. Momentos intensos e vigentes. Não queria que isso se tornasse apenas literatura.

Escrever sobre você, M, é atestar a curvatura do tempo. O retorno, a volta ao mesmo objeto, a abolição do tempo irreversível. O escritor é um cientista, um astrofísico que busca a compreensão pelos vestígios. "O tempo, fundamentalmente reversível, faz corpo com o espaço e não é um dado separado dos acontecimentos, embora os vestígios do tempo observados nas subestruturas sensíveis da realidade sejam tenazes." Fomos amantes e vislumbres tenazes, M? E o que nos tornamos? Em que se transforma o passado e o amor?

Jacques Fux

Jacques, de novo surdo e atento às sobras, não me ouve. Eu sempre quis te falar sobre o amor, o amor que não é literatura. E você, triste, apenas o teoriza. Se o escritor é esse cientista-arqueólogo de ruínas amorosas, a atriz é uma paraquedista. Nada de ciência tola. A atriz é uma acrobata, não a composição, mas a obra em si. Não é o luthier, mas a própria música vã e desafinada soando pelas cordas vibrantes. O escritor é o Stradivarius de 400 anos – ancião depravado e desgostoso do presente – que ainda resiste em compor e que o faz com a maestria romântica e a dedicação deificada do Stradivari ou do Amati. A atriz é música finda, fração ínfima do instante em que vibraram os corpos-cordas justificando a plenitude do violino e de todas as composições. A atriz é o escorrer. É pulso-pulsação. Já o escritor é equívoco. Vacilação.

Eu não gostava das suas primeiras peças, M. Eram espetáculos comerciais. Sociedade do espetáculo? A multiplicação de ícones e belas imagens através dos meios de comunicação de massa – também dos rituais políticos, religiosos e consumistas? Você vendia tudo aquilo que faltava à vida real do homem comum: a vontade de se encontrar na beleza e na perfeição das celebridades, das atrizes e das personalidades de "sucesso". Você transmitia essa sensação de graça, aventura, felicidade, grandiosidade e ousadia. O espetáculo é a fútil aparência que ilude em dar sentido a uma sociedade mórbida, esfacelada e vazia. O espetáculo vende o "fetichismo da mercadoria" – e estar com você, M, era estar nessa cultura, sentindo o falso prazer de ser valorizado e invejado.

Porém, M, tudo isso mudou quando te vi atuando de verdade. Quando te vi em cena, em êxtase, a verdadeira e apaixonante atriz. Você fazia a peça da sua vida – uma fábula repleta de cores e alma. Interpretava a sua história. Eram as suas próprias falas, os originais da dor. Era você, M, incrível. Nada de futilidades. O seu verdadeiro sorriso em cena chocava, assustava, transtornava. Esse seu brilho ainda me acidenta, me atenta, me rouba e me agride.

A atriz se sacrifica para "estar lá", Jacques. Estar em cena é vivenciar o palco, experienciar a vida de uma outra. O prazer da atriz é se exibir na personagem, mas também, e sempre, se anular no véu da imagem à qual se espelha. Essa peça autoral é a minha vida, e a minha vida é a composição fragmentada de ensejos e atos pessoais. Não sou apenas a representação do espetáculo da qual você me acusa – apesar de ser o espetáculo que vende.

Jacques, tentava te mostrar a atriz que sou, mas o pobre escritor se via aprisionado à representação. Quando o mundo real se transforma em simples imagens, essas imagens tornam-se seres reais e motivações para comportamento hipnótico e mimético. O público imita e se reconhece nessa sociedade banal. Você, Jacques, hipnotizado, só foi capaz de me enxergar através de um falso véu.

Uma vez, o escritor e a atriz se encontraram em cena. Pensamos, sonhamos e sorrimos o filme juntos, M, você se lembra? Nele, a atriz-amante interpela o autor-escritor criminoso. Você questionava e se incomodava com a arte da representação do autor. Arte literária que falseou e corrompeu a atriz e sua imagem.

Ainda me lembro da minha fala nesse filme: "Mas e a questão ética disso? Se o real fosse eu, no caso, entende? Não sei até que ponto eu gostaria de ser ficcionalizada, Jacques. De me ler, assim. Você escreveu um livro... aliás, endereçado a várias ex-namoradas, e não sei se elas eram reais, mas elas te responderam... você escreveu e elas responderam... No entanto, eu fico pensando que, se uma delas fosse eu, ou se uma delas tivesse muita coisa de mim, eu não sei até que ponto... Fico pensando se ficaria mais chateada com a parte que você inventou ou com a parte que... de fato aconteceu."

E agora, de novo, tudo se repete neste livro, Jacques. Maldito. Mal dito.

Será que já prevíamos em cena a trama deste livro, M? Nosso encontro em um café e nosso distanciamento? Escritor e atriz são *mimesis* e *diegesis* do mundo?

Se somos *mimesis*, somos apenas imitação, representação e mímica. Encenamos o *eu* real. Escritor e atriz compõem uma figura de retórica, imitação do gesto, da voz e das palavras de outrem. Mas, de quem, M, de nós mesmos? E quem é esse nó de nós? Essa imitação verossímil da natureza é todo fundamento da arte para Aristóteles e, como não estamos no mundo das ideias, tudo isso não passa de uma paródia de segunda mão. Assim como foi o nosso amor ou nosso filme, M?

E se formos *diegesis*, não representamos o real por meio da arte, mas a encenamos. A atriz performa e o autor compõe fantasias e sonhos para o espectador e o leitor. O autor narra a ação diretamente e descreve o que está na mente e nas emoções dos personagens. A *mimesis* é somente o mostrar, não é o descrever.

Afinal, M, somos *mimesis* ou *diegesis*?

Não somos nada disso, Jacques. Classificar é uma forma de redução e desprezo.

Eu lembro que o curta continuava assim: "O que eu estou pensando é que se é a imagem e a fantasia da coisa que faz você buscar uma correspondência na literatura, ou se é alguma coisa que você lê, e aí você tem vontade de criar a sua ficção daquilo?" Eu fui (sou) concebida da literatura para a vida, Jacques, ou da vida para a literatura?

O filme foi o nosso ápice e o início do esfacelamento. O filme provou que éramos atriz-autor de uma criação isolada e egoísta, embora estivéssemos juntos. Se ou quando deixássemos de estar no palco, tudo se desmoronaria para se transformar em páginas de ficção.

Eu me detesto nesse filme, Jacques. Estava incomodada e insegura. Era a falsa namorada-atriz-personagem tanto da vida real quanto da inventada. Você ainda ficava numa posição de autoridade como escritor-falsário e autor da obra. Éramos mimesis-diegesis simultaneamente. Um absurdo amálgama de existência, essência e experiência.

Eu atuava como um fantasma, uma fantasia demoníaca, a quintessência da arte. O dinamismo da cena-vida me aterrorizou, Jacques. Não é justamente a dinamicidade a propriedade mais atraente da quintessência? Foi essa atuação, Jacques, estar em cena com você – seja quem quer que fôssemos – que me fez compreender que a atriz e o escritor eram incompatíveis.

A urgência da histérica
e a fuga do obsessivo

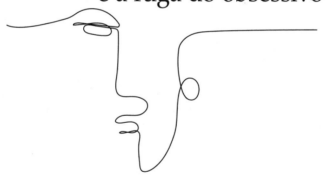

A urgência da histérica
e a fuga do obsessivo

A nossa separação foi dolorosa. A separação dos amantes é um tipo de morte. Walter Benjamin escreveu que somente no momento da morte é que o saber, a sabedoria e a existência assumem uma forma transmissível.

Escrevo, M, diante, em frente e como um afronte à morte.

Ao longo desses anos de ausência, tenho morrido diversas vezes para tentar entender a nossa relação. Hoje escrevo para elaborar e nos sepultar. Quem segue amando, M, trata o luto de forma estranha; paradoxal. Continua respirando, mas permanece sufocado pelas memórias. Esquece e reprime, finge leveza, mas sabe que tudo vai rebentar em luto e melancolia.

Se de fato deseja me sepultar, Jacques, não escreva sobre nós. Não me importune, tudo se foi. Está acabado. Eu me deixe sem ser retratada como uma caricatura. Sua criação representará apenas uma imagem aleijada.

Doença e loucura se instalaram em mim. Enfrentava minha ruína sem mais contar com as defesas, os escudos e os refúgios do meu ego. Para sobreviver, provoquei o padecimento da minha consciência. A separação aquietou-se com um gosto amargo de óbito. Adentrei pela *Terceira Margem*, M; você viva, vibrante, maravilhosa e com a convicção de não me querer. "Sou homem de tristes palavras. Eu sofria já o começo de velhice – esta vida era só o demoramento. Eu mesmo tinha achaques, ânsias, cá de baixo, cansaços, perrenguice de reumatismo. Devia de padecer demais. (...) Sofri o grave frio dos medos, adoeci." Ter consciência de que eu estava morto em você foi fulminante. Não ser especial e nem ser mais seu amigo me fez deprimido. A tinta da melancolia se transformou em doença. Escrevo, M, insistindo na sua sobrevivência e na ilusão da minha existência em você.

A escrita é sempre para o ego, Jacques. Quando os leitores-espectadores se encontram no livro – e na arte – não passam de cúmplices. Me destituindo como sujeito, você me recria e me reduz à condição de objeto. Objeto trôpego de seu gozo literário.

Ao me nomear atriz-histérica, você me fantasia no imaginário. Me assuma, Jacques. Me batize. Me chame pelo meu nome. Não reproduza a clássica posição da histérica como objeto-desejo na literatura.

Não é esse meu objetivo, M. Busco apenas alcançar a racionalização da separação. De todas as separações dos amantes. É pelo atravessamento das reminiscências, da memória modificada-mortificada pelo desejo de lembrar, de esquecer e de não perdoar que as narrativas surgem; que a obra de arte faz sentido.

O escritor sempre tece e interpreta um semideus arrogante e estúpido, Jacques.

M, você sempre viveu o desejo do desejo insatisfeito. Cobiça pelo incompleto, impossível e pelo faltante. Eu tentava te satisfazer, mas se algum dia tivesse êxito, mataria o seu desejo. Foi isso que aconteceu depois do nosso primeiro término. Quando voltei, dedicado a satisfazer o seu desejo, você se desinteressou.

A oferta da falta despertava o seu querer. Você não podia gozar. Nossa parceria era sintomática: a atriz-histérica imputava ao escritor-obsessivo uma condição de trabalho constante e fatigante. Um estado perene de alerta. Equilibristas por um triz. Você me confidenciava vontades e eu me exauria para supri-las, mas elas jamais se acabavam. Você, objeto de desejo, sabia seduzir e em seguida se furtar.

"Histeria", Jacques, vem de histrião que, na Roma Antiga, designava atores para representar farsas grosseiras. Também era usado para pessoas que apa-

rentavam ser algo que não eram – como você, no caso. Antigamente, na medicina, acreditava-se que a histeria fosse uma psiconeurose específica das mulheres, caracterizada pelo descontrole das emoções que nasceria no útero, hystéra. Hysterikós *seria o estereótipo de uma grotesca atriz sempre nervosa, ansiosa, irritada.*

É isso que você e a literatura pretendem, Jacques: me classificar e me atraiçoar com uma dessas atrizes-histéricas que interpretam o que não são; dessas que fingem, são falsas, teatrais, nervosas e irritadas sem razão, e, inclusive, são impostoras quando se trata da questão sexualidade?

Você quer dizer, Jacques, que o obsessivo e a histérica se complementam na falta? Quer revisitar o mito do Banquete, *imaginando um ser completo, uno, perfeito? E que eu e você fomos assim um dia? Nunca. Mesmo que tivéssemos enfrentado Zeus, que ele nos tivesse castigado e nos separado ao meio – e a nossa sina fosse a de procurar pela metade perdida – você jamais seria essa outra metade. Metades iguais não se encaixam, Jacques, se equivocam.*

Na primeira parte do nosso namoro, eu não me doava – e essa estrutura funcionava, M. Porém, depois que terminamos, me empenhei em reconquistar o que já estava perdido. Comecei a te encher de presentes – compus um "Amores perfeitos" para você, se lembra?

Gostava tanto dessa obra de Felix González-Torres. Esses dois relógios analógicos que te dei, exatamente iguais – colocados lado a lado – foram iniciados no mesmo instante. Com o passar do tempo – do nosso tempo, M –, os relógios se descompassariam "perfeitamente". Apenas um pouco no início, mas um tanto mais no decorrer dos anos. É verdade que um dos amantes-relógios poderia ter um apagão antes do outro –, um poderia parar, acelerar, enlouquecer. Mas eles conseguiriam ser restaurados e reiniciados novamente. Juntos e reinventados em um outro espaço e tempo. Amores ainda pulsantes-perfeitos.

M, com esse presente, queria revelar o nosso amor-encontro. Quando perguntaram ao artista quem era seu público, ele se referiu somente ao seu amante: "mi público era Ross. El resto de las personas sólo se aproximan a mi obra". Desejava que meu público fosse só você, M. Só você.

Mas o tempo passou, as feridas se abriram, as desavenças cresceram e os amantes-relógios se descompassaram. Sempre te perguntava como estavam os relógios – sondava sobre o nosso relacionamento que andava silencioso. À medida que os meses passavam, você, impaciente, reclamava que os relógios ainda estavam sincronizados. Um dia, resolveu interferir na arte – também na vida – e pegou raivosamente um dos relógios e o desconcertou. Era o nosso fim: você não desejava mais a nossa sincronicidade descompassada.

Você só entende as coisas depois de findas, Jacques. Assim como você, Felix González-Torres só compôs essa obra de arte quando seu parceiro já havia morrido.

O nosso encontro estava prestes a ruir, Jacques. E eu precisava viver. No "Amores perfeitos", os tempos dos relógios e dos amantes caminham em direção à morte. A obra enaltece o amor com a proximidade inexorável do fim – mas o meu amor já não pulsava.

Os relógios analógicos vão se desencontrar, Jacques, e sem o controle do artista. Ele não sabe quando, não tem ideia do porquê e nem como será o descompasso desses amores-relógios. O imponderável. O que me move-comove é a ideia de que não há um domínio de nada e nem de ninguém. Que o ato de criar margeia o lugar melindroso e frágil de busca – também do acaso – mas tropeça diante da certeza do erro. A atriz-artista está atenta à contingência e ao lapso – sua forma de estar presente na vida, de lidar com as expectativas e frustrações do fazer artístico. O desvio e a brutalidade do acaso se incorporaram e assim concebem a criação. Nos amores perfeitos, Jacques, os amantes marcham em uníssono, porém, em algum momento intempestivo, vão parar, parar de pulsar. Apenas antecipei esse perecer.

O que você fez com os relógios, M?

Isso importa, Jacques? Muda algo?

Essas pequenas coisas importam, M. Esses ínfimos objetos de lembrança, agora adulterados, inventariados, fotografados e presentes apenas em alguma parte do edifício desmoronado da memória, são o que resta de você. Microcosmo fracassado do amor.

Eu me prendo ao resíduo: isso que não percebemos, que não é enodado, que quase não importa, mas que ainda sobra. Escrevo para imaginar o que se passa em seu corpo e nas suas memórias quando mais nada de mim está em você. Escrevo porque ainda te amo, M.

Jacques, onde está esse amor? Onde esteve esse amor? Eu nunca pude vê-lo, tocá-lo, vivê-lo. Agora, você o concebe e o reconstrói do seu resto, do seu lixo – destroços e ruínas do que já acabou? Estamos separados, não posso sentir nada, apesar de me imputar essas palavras. Como resgatar, mesmo na ficção, algo que já não existe?

Das coisas ínfimas, M, do quase insignificante, lembro-me de três minúsculos adesivos de flor que você colou no lado esquerdo do seu rosto durante o carnaval. Brilho, brilho eterno de uma mente sem lembranças. Estávamos no início, você veio até mim. Não sabia de sua paixão pelo carnaval e você só desconfiava da minha repulsa. Mas, nesse dia, você se encantou de um jeito diferente. Eram três florzinhas reluzindo e refletindo o seu olhar admirado do mundo. E ainda usava um arco verde, arcanjo. Você estava tão brilhante, M. Naquele momento, nossos olhos, desejos e sonhos ainda se combinavam – ou ainda viviam o período em que estávamos apaixonados pela utopia do escritor e da atriz.

No carnaval do ano seguinte, desavenças. Eu, com a irritação da bagunça, do calor insuportável, da obrigação de ser feliz. Você, com o escritor chato no sofá da sua casa te atrapalhando a viver aquela alegria. Foi nesse carnaval que terminamos pela primeira vez. A celebração nos provou que nossos quereres eram contraditórios. Eu, um pobre Pierrot, buscando o amor impaciente e urgente de uma inalcançável Colombina.

Ainda resgato esse carnaval com carinho. Você e sua filha se pintaram bem cedinho para um baile de rua. Acordei com os risos e, de novo e sempre, sua fantasia me devastou. Não havia ninguém como você, capaz de lacerar um coração com um breve olhar e um sorriso.

Mas o que queria te contar, M, é que você, antes de voltar para o Rio nesse nosso primeiro carnaval, colou em meu espelho aquelas três florzinhas. M, por anos eu não as retirei – nem de mim, nem do reflexo. É que essa quase tatuagem no meu espelho, por mais que a esfregasse, permanecia. Perseverava. Fragmentos poderosos de você. E se eu ainda os procuro, como um arqueólogo ou escafandrista, consigo reencontrar suas marcas, suas ruínas e seus destroços. Sigo buscando o perfume dos seus escombros.

Os nossos carnavais foram horríveis. De um lado, a atriz querendo aproveitar o lúdico e a vida; do outro, um doente escritor, desanimado e maltrapilho. Ah, Jacques, o carnaval é o ensejo desejante da arte. Sinto como se estivesse no século XVI numa Commedia dell'Arte *vivendo um ménage amoroso com o Pierrot. Ele sempre a amar e a ser rejeitado pela Colombina, que por sua vez deseja a figura carioca-italiana do Arlequim. E o malandro, mesmo brincando com o coração da Colombina, também se apaixona por ela.*

Leveza, Jacques, sempre te faltou. Você era aborrecido, como o carnaval da Commedia Erudita *– com seus atores falando latim numa época em que essa língua era quase inacessível. Você era insuportável e eu queria apenas brincar, sair pelas ruas italianas-cariocas ironizando a vida e cantando sambas. Apesar de não atuar, Jacques, você era esse Pierrot-Pedrolino pobre, que vestia roupas feitas de sacos de farinha, rosto pintado de branco e nem máscara usava. Vivia sofrendo, reclamando da vida e suspirando de amor pela Colombina.*

Eu precisava de mais. Queria a parceria do Pantaleão, tirano avarento, galantear desajeitado, mas totalmente entregue à vida. Eu amava o Arlequim, carioca espertalhão, preguiçoso e insolente que ludibriava a todos. Tudo para conquistar o coração das jovens apaixonadas.

Ah, Jacques, por que você nunca se fantasiou com um pouco de Arlequim, quando ele entrava em cena saltitante, acrobata e debochado... alegre, roupas coloridas de losangos, sorriso safado, intrigante e insinuante? Você podia ter um pouquinho dele. Defeitos, falhas e faltas fazem parte da sedução. O desejo não segue regra de bom senso, de caráter e nem de moral, sobretudo no carnaval. Jacques, uma pitada de Arlequim não ia te fazer mal, mas você insistia em ser o Pierrot de um carnaval sem graça.

A gente tinha acabado de retomar nosso namoro, M, ou ao menos eu pensava assim. Tinha sido convidado para participar de uma feira literária. Era meu sonho estar lá. Era um sonho estar ao seu lado. Mas a atriz me desprezava naqueles dias que antecederam a viagem. Eu me sentia como um adorno fútil e vazio do seu ego.

Lembro-me de ter reclamado dessa situação – você refutou, disse que eu poderia sair dela quando quisesse. Abaixei os olhos, escondi meu olhar, juntei as lascas do amor. "Por que você aceita essa situação, Jacques?", você me afrontou. Calei-me, estava submetido ao espanto e ao temor de me ver novamente longe de você.

A Feira foi incrível. Eu me reinventava no entre-lugar da realidade, na trégua da desarmonia, na criação de um autor. Foram dias mágicos, foram dias únicos, foram dias que não existem mais, apesar da minha ficção sangrar com essas lembranças.

Queria estancar a fuga dessas memórias.

Eu não achava que a gente iria voltar, Jacques. Depois daquele segundo carnaval, estava decidida pelo fim. Mas, confesso que ainda faltava algo. Faltava eu te desvendar. Foi surpreendente a nossa reaproximação. Tudo o que faltava, tudo o que eu não gostava, tudo o que me era estranho, enigmático e indecifrável em você acabou. Foi a surpresa que apagou a paixão.

Nos três meses de separação, lembro-me de que você publicou um texto no Instagram dizendo que o amor tinha acabado, mas que a nossa arte-filme permanecia. Aquilo me enfureceu de tal maneira, Jacques... você estava me descartando? Dizendo que eu já tinha passado e que nem ficção havia me tornado? Acho que foi por isso que decidi voltar.

Depois do fim, M, devastado, comecei a caminhar de mãos dadas com o padecimento. Estar enfermo é revelar, a despeito de nossa relutância e incredulidade, aquilo que nem pretendíamos simbolizar.

Por não conseguir mais separar as paixões moderadas das excessivas e as paixões ocultas das trazidas à tona, a moléstia se instaurou em mim. A adoração que sentia por você – e que estava escondida pela alma do escritor – irrompeu em chagas. A doença, M, revelou-me inquietudes das quais não tinha consciência. Doentes e doenças se transformam em charadas para decifração. Quais, e por quais razões, os sofrimentos nos fazem padecer? Blake, em um de seus rebeldes e audaciosos *Provérbios do Inferno*, escreveu: "Quem deseja, mas não pratica, engendra pestilência." O escritor, M, não conseguiu praticar seu desejo, apenas retardá-lo. O ficcionista, M, agora estava doente.

Doenças, doentes, deturpações. Qual é a verdade disso tudo, Jacques? O que é criação e o que é mentira? Você realmente adoeceu?

A verdade tem estrutura de ficção, M, já que nenhuma linguagem – nem do corpo, muito menos da arte e da poesia – pode dizer: "o verdadeiro sobre o verdadeiro, uma vez que a verdade se funda pelo fato de que fala, e não dispõe de outro meio para fazê-lo."

Você precisa aceitar o fato de que está destituído-destruído em mim, Jacques.

A literatura, M, é a arte de esculpir o tempo. O que seria da arte e da literatura sem o passado não realizado? Sem o presente lotado de passado? Sem as mudanças e repetições da história? Todos os livros não teriam existido sem a fruição dos amores.

De que vale esculpir o passado e não estar presente no instante que existe? Há alguma verdade nessa modelagem de ruínas, Jacques? No burilar das sobras? Na bricolagem dos destroços e das cinzas? O fato é que nenhum de seus livros teria surgido sem o fim e sem a rejeição desses supostos amores.

A verdade, M, é irmã do gozo e parente próxima, bem próxima, da morte. E ela não existe.

Fique com a morte, Jacques. Eu, com o gozo.

A histérica tem a necessidade de um Senhor sobre o qual possa reinar. Um capacho. Um servo. Este maldito escritor.

E o obsessivo mesquinho se esconde nos punhos aquebrantados da ficção.

Minha alma é vasta, meu mundo é sem limites, Jacques. Como diz Clarice Lispector, na peça que ainda sonho interpretar: "Minha alma tem o peso da luz. Tem o peso da *música. Tem o peso da palavra nunca dita, prestes quem sabe a ser dita. Tem o peso de uma lembrança. Tem o peso de uma saudade. Tem o peso de um olhar. Pesa como pesa uma ausência. E a lágrima que não se chorou. Tem o imaterial peso da solidão no meio de outros." Sou muito mais, Jacques. Muito mais do que você representa para mim.*

Infelizmente, M, não percebia que a falta de ação e o recalque no falar afetavam nossos corpos. Eu executava, como um tolo, um falso papel: o do idiota, do bom moço, honesto e fiel servindo aos seus saudosos caprichos. Exausto, exaurido, sempre querendo te satisfazer e nunca conseguindo. Anos – durante e após – permaneci sem conseguir respirar o meu próprio ar. É por isso, M, que agora o escritor te trai ao te representar. Ele, egoísta e pedante, precisa expiar o passado te corrompendo.

Você fala de expiação. Especula a distância, nossas estruturas, arte e doença. Não há respostas e nem saídas, Jacques. Não há "porquês" para os nossos desejos. A vida é uma dança e um sonho repleto de quedas, falhas e cantos: "Onde queres descanso, sou desejo / E onde sou só desejo, queres não / E onde não queres nada, nada falta / Onde queres família, sou maluca / E onde queres romântica, burguesa /." O desejo é assim, Jacques, paradoxal, contraditório, faltoso. Eu e você, ator e escritora, somos assim.

"Onde queres o sim e o não, talvez / E onde queres ternura, eu sou tesão / Onde buscas o anjo, sou mulher / Onde queres prazer, sou o que dói." Dói, Jacques, dói

desejar o desejo. Dói a busca inesgotável pelo prazer irrealizável. Dói saber que o meu encontro com você foi amor, mas que agora você o trai.

"Eu queria querer-te amar o amor / Construir-nos dulcíssima prisão / Encontrar a mais justa adequação / Tudo métrica e rima e nunca dor / Mas a vida é real e de viés / E vê só que cilada o amor me armou / Eu te quero (e não queres) como sou / Não te quero (e não queres) como és." A gente sempre se quis, Jacques? Ou só quando a gente se perdeu? Quando foi que nos perdemos em busca dos olhares dos outros? Quando foi que o outro – o estranho-infamiliar – começou a nos valorizar e acabamos nos atraindo por ele? Quando o outro passou a engradecer o que na nossa relação se esvaía?

"Onde queres mistério, eu sou a luz / E onde queres um canto, o mundo inteiro / O quereres e o estares sempre a fim / Do que em mim é de mim tão desigual / Faz-me querer-te bem, querer-te mal /Bem a ti, mal ao quereres assim / Infinitamente pessoal / E eu querendo querer-te sem ter fim / E, querendo-te, aprender o total / Do querer que há e do que não há em mim." Sei que a canção e todas as histórias vão acabar. Vão se transformar em nada. Confesso: resta em mim um resquício de sabor-amor.

Por favor, M, por favor não cante. Músicas e perfumes reavivam sentimentos com tanta força. São como apunhaladas ressuscitando o espírito.

Veja como a literatura é pobre, Jacques. Apesar do canto das palavras despertar sinfonias, lembranças e sensações quase perdidas, a literatura não consegue *resgatar perfumes e essências. Não é capaz de restituir o calor e o arrepio do toque, o tremor do carinho. É uma inodora, furtiva e ordinária folha de papel onde meus sabores e aromas sequer são imaginados.*

Mas é só o que tenho, M. É o que posso. É só com isso – e com o seu dissimulado silêncio – que você me deixou.

E é aí que você me subverte, Jacques. Criação é traição.

Você cantava uma música para mim, M, e nunca mais consegui ouvi-la. Nunca soube o que você queria dizer. Pobre de mim, era a sua preferida. Só agora, na sua ausência, posso tentar desvendar o seu canto *reconvexo*.

Devia ter te despido toda vez que você dançava. Devia ter te agarrado durante todas as suas cenas. Sinto agora esse sufocamento pela vontade irrealizável. Loucura, liberdade, atuação. Desejo o masculino e o feminino do seu corpo-conto de atriz. Lamento que não pude te enxergar. Odiava samba, M. Hoje escrevo sambas para te recriar. Execrável escritor.

"Eu sou o cheiro dos livros desesperados, sou Gitá Gogoya / Seu olho me olha, mas não me pode alcançar." Verdade, eu não te alcançava. Nem te sentia. Você era demais para mim. Completude. Falo e falta. Eu, pobre Senhor obsessivo, sempre exausto e abatido. Neurastênico. M, você me descartou com razão: queria achar uma definição para sua arte.

Você não podia ser nem *recôncavo* – a cavidade, a depressão, a enseada e a caverna só representam uma parte de você –; e nem *reconvexo* – reta ou um arqueado que une apenas dois pontos, duas pessoas, dois caminhos, dois amores, dois sexos; você é muito mais que isso. Você é infinita.

M, agora eu danço sozinho e adoentado.

Vivo, sofro, danço. Atuo. Sou muitas. Quero abraçar o todo, e não me entregar à loucura. Também adoeci, você sabe. A doença que habita uma zona noturna e sorrateira tem nacionalidade opressora. Nascemos com a possibilidade da doença psíquica e da sanidade. É uma escolha, Jacques. Difícil, laboriosa, mas não deixa de ser uma escolha. Muitos caminham pelo reino dos sãos e pelo reino dos doentes. Apesar de desejarmos racionalmente a saúde, cedo ou tarde nos vemos coagidos e corrompidos ao mistério do subterrâneo. Estive lá tantas vezes, Jacques. Não quero voltar.

Bem próximo ao nosso fim, fomos ao show do Chico Buarque. Foi a última vez que você veio à minha casa. Até se machucou em uma cena do teatro que fazia – era seu corpo, seu desejo, seu inconsciente querendo te impedir de vir ao meu encontro. Você já estava enfadada de mim, e eu me enganava em reconhecer a vertigem dos seus vestígios. Eu estava entregue, M, decidido que você seria a pessoa com quem passaria o resto dos meus anos. Você surgiu fria, pronta para ser desagradada. Preparada para uma briga. Fiz tudo – roubei seu ar, seu corpo, descobri carinhos e carícias, extorqui a sua pulsão pelo fim. Sei que o excesso te incomodou, mas não havia nem tempo para reclamação.

Triste é lembrar a sua indiferença. Você ostentava um brilho pedante, um caminhar seguro e um sorriso egoísta. Sua carreira estava melhorando, lugar nobre do falo-fala. Eu, fardo e peso para o seu fulgor, precisava ser superado. Parecia que o músico cantava só para te brindar e cortejar, e que o escritor estorvo era apenas um adorno mendicante.

Durante o show, eu me emocionava com os versos que fizeram parte do amoldar de minha alma. Absorvi, desde jovem, a natureza e o espírito da mulher lírica do Chico. As descrições, desencontros, encantos e belezas da essência feminina me engendraram escritor. Percebo agora que o Chico só soube descrever a alma histérica da estrutura feminina em Geni. Músico e escritor desesperados para representar e compreender algo inacessível.

Depois que saímos de lá, jantamos no nosso lugar preferido, e me tornei seu único público. Você tentava dizer que meu enigma já estava decifrado, que precisava de outro personagem, de outra trama, de outra encenação. Eu corrompia a verdade criando uma ficção. O fato é que você desejava uma existência cinematográfica de arroubo e arrebatamento, no entanto, passava as horas com um escritor que apenas margeava a vida em livros.

Mas a memória que tenho daquela noite, M, é que te surpreendi. Travestido de ator, de amante intenso, transvigoroso, teso e presunçoso, te

Jacques Fux   57

arrebatei. Viemos para casa e nos amamos como num filme. Realizei suas fantasias, preenchi seus vazios, saturei seu desejo.

Você gozou, e foi o fim.

Jacques, não estava mais disposta a perder meu tempo com alguém que não me inquietava mais. Era tudo tão previsível: flores, presentes, prudência, exaltação. Era atenção em demasia, abuso de carinho. Estava realizando um sonho com a minha peça autoral em cartaz – novas ambições, projetos e convites. Ir te encontrar estava se tornando um adiamento da arte. Uma pausa penosa da minha vontade por mais assombros, fascínios e abalos.

Não é somente uma cena que faz uma atriz, Jacques. É o levantar de todos os tombos, deslizes, fraquejos, descuidos e esquecimentos. A improvisação durante um espetáculo não ensaiado, também o falseio da alegria e da beleza de uma cena – num dia de morte e doença – são o que realmente engenham a arte de uma atriz. É isso que busco, Jacques. Não se vanglorie apenas por um episódio.

A doença, M, surge pela paixão. Por todas as paixões barradas, interditas, inauditas e frustradas. Elas causam uma efusão na alma que arruína e debilita o corpo. Estar doente era de alguma forma reconfortante. A doença atestava o meu amor por você.

A tristeza me tornava uma pessoa mais "interessante" e certificava a minha delicadeza e vulnerabilidade diante dos acasos e das paixões.

Nesse passado literário – o Mal do Século – ser melancólico era um sinal de refinamento, de doçura, de sensibilidade exacerbada.

Em *Armance*, o belo romance de Stendhal, a mãe angustiada é tranquilizada pelo médico que lhe diz que Octave sofre apenas dessa "melancolia insatisfeita e crítica, característica dos jovens da sua geração e da sua posição". Tristeza e doença tornaram-se quase sinônimos – um desencadeava o outro. Henri Amiel escreveu sobre a doença: "O céu toldou-se em cinza, plissado por um sutil sombreado, neblinas escorriam nas montanhas distantes; a natureza desesperava-se, folhas caíam de todos os lados como perdidas ilusões da juventude sob as lágrimas da dor incurável. O abeto, solitário em seu vigor, verde, estoico em meio a essa doença universal."

As cartas de Kafka são um compêndio de especulações sobre o sentido da doença e da literatura. A carta e a escritura fazem parte da moléstia e da estrutura do bichano Kafka. Seu punho tem consciência de que a mente o trai e, para o amigo Max Brod, confidencia: "minha cabeça e meus pulmões entraram em acordo sem o meu conhecimento." Já para o seu complicado amor, Milena, o tcheco dramatiza: "Estou mentalmente enfermo, a doença dos pulmões não passa de um transbordamento da minha doença mental." No *A montanha mágica*, de 1924, mesmo ano em que o ocaso do amor-pulsão-pulmão levou Kafka, Hans Castorp contrai a propagada enfermidade dos artistas. Mann discute sobre o mito de que o burguês seria espiritualmente purificado pela doença. Morrer dessa forma, ainda que fosse algo misterioso e sofrido, também era edificante e sublime.

Será que foi isso que meu corpo literário e intertextual buscava, M? A purificação da alma pela danação do corpo?

Antes de você, Jacques, eu também me imaginava doente. Amor? Família? Vida? Medo do passado? Do futuro? Eu senti a vida, por tantas vezes, como uma encenação de La bohème. *Eu era parte da trupe de Colline, Rodolfo, Marcello, Schaunard – artistas, como sempre, ferrados –, enganando o dono do sótão onde moravam, sem pagar o aluguel, contudo sempre festejando. Imaginava que estava em Paris, na primeira metade do século XIX, representando Mimi, devastada e adoentada pelo amor desencontrado de Rodolfo. Nesse nada charmoso, embora idealizado, Café Momus, Rodolfo se apaixonava por mim, mas me abandonava sem maiores explicações. A vida precisa de motivos, Jacques? Justificativas para o fim de um amor? Existem somente desrazões e distrações. Então, eu-Mimi, fraca, doente, deprimida, morria funestamente – sem ar, sem vida, sem amor. Mas eu só me deixo levar por emoções em cena. A vida é um outro palco, cenário falso do real.*

Ah... mas a minha ópera favorita é La Traviata, A dama tombada. *Sonhava em representar Violetta e, diferentemente de outras adaptações, em que três atrizes a interpretavam em fases distintas da vida, eu a faria sozinha. Violetta, essa "mulher-corpo transviado", que fugiu do caminho delineado, é uma romântica prostituta. Um dia tem a oportunidade de sair dos esconderijos do desejo – o mais antigo reino à margem da sociedade – mas ela prefere continuar. Em seu primeiro ato, prestes a morrer, resiste; no segundo, vive em conflito com a família de Alfredo – a sociedade não a aceita – e no terceiro ato, quando Violetta vai se entregar à doença, encontra forças para se levantar e perguntar "por quê?".*

Jacques, não há porquês. Não há motivos para a nossa presença no mundo. Não somos protagonistas de nada e muito menos insubstituíveis – apenas representações de representações de outras encenações. A arte ludibria a vida e a vida espera pelo entalhar da morte.

M, você se ofende quando eu te retrato, mas essa sua ópera favorita faz exatamente o mesmo. *La Traviata* é baseada na história real de uma prostituta, Marie Duplessis, musa da alta sociedade parisiense lá pelos anos de 1840. O próprio autor, Dumas Filho, foi seu amante e passou com ela "esse" verão numa das residências do seu pai, Alexandre Dumas.

E é incrível como tudo se mistura. Como todos os autores-atores são reles fantoches da vida. Ao escrever a peça *A Dama das Camélias*, Dumas Filho apenas trocou o nome de Marie Duplessis para Marguerite Gauthier. Já na Ópera, Verdi a chamou Violetta Valéry. Por aqui, José de Alencar recriou essa narrativa no seu *Lucíola*.

Afinal, M, quem é você? Por quem eu choro? Pela Lady Marie, Marguerite, Lucíola ou pela Violetta?

Eu sou todas, Jacques. E não sou nenhuma. Acredite: não vale a pena fenecer por uma ficção.

Para um escritor, M, não há outro caminho. Durante mais de cem anos, essa doença foi a forma artística preferida para dar sentido à morte. Fui diagnosticado com uma enfermidade sofisticada, poética. Inseri-me na literatura do século XIX, repleta de mortes beatificadas e amores perdidos.

Em *A cabana do Pai Tomás*, Paul, o filho de Dombey em *Dombey and son*, e Smike em *Nicholas Nickleby*, enxergam essa doença como "enfermidade medonha". Algo que "depurava" a morte de seu aspecto mais grosseiro: "a luta entre alma e corpo é tão gradual, silenciosa e solene, e o resultado tão seguro, que dia a dia, e fibra a fibra, a parte mortal se desgasta e murcha, de sorte que o espírito se torna leve e animoso, com sua carga aliviada." À medida que sofria por você, M, a melancolia se fantasiava de aura que, embora cinzenta no corpo, continha um certo colorido e brilho na alma nostálgica.

A literatura retrata a doença somatizada como bela e elevada. Nicholas Nickleby viveu o que eu senti após o nosso término. Vida e morte tão estranhamente mescladas, fazendo com que a morte assuma uma iluminação desnorteadora e que a vida represente uma desolação sombria. Nietzsche, em *A vontade de potência*, fala sobre a fraqueza individual, o esgotamento e sobre a decadência cultural em virtude da doença.

M, românticos como eu (me) interpreto, moralizaram a morte por conta da doença. Ela, além de dissolver o corpo espesso e eterizar a personalidade, também era responsável pela expansão da consciência. Uma estética ridícula. Thoreau escreveu: "a morte e a enfermidade são muitas vezes belas, com o brilho febril da doença." Como são estúpidos os escritores. Buscam na dor, na morte e no amor destruídos um mote para o gozo perdido.

Você estava sempre doente, Jacques. Sempre indisposto. O que isso significava? O que seu corpo queria me dizer? Agora você surge elucubrando sobre a sua loucura e diz que doença e romantismo são interligados. Você transcria o amor.

O romantismo na doença só surge com a distância, Jacques. Ninguém quer conviver com um amante que está sempre deprimido – e a razão da sua doença é a impossibilidade momentânea do amor. Esse "interesse" pelo sublime da doença é só literário. Ridículo e bastardo. O convívio, o dia a dia, o real e o cotidiano não são fascinantes. Por isso eu nunca quero deixar o palco.

Jacques, você resgata memórias de algo que não viveu, dos momentos em que não foi capaz de superar seu padecimento para viver ao meu lado. Por que eu era tão pesada para você? Por que o fardo do amar? A incapacidade do obsessivo frente a histérica? A sua debilidade diante da minha vontade?

Muito do erotismo e do tormento romântico deriva da doença e de suas metáforas. O tormento, o suplício e a libido foram narrados e estilizados como sintomas preliminares da doença. A fraqueza foi transmutada em langor, a impotência representada em paixão idealizada. Théophile Gautier escreveu: "quando eu era jovem, não podia aceitar como poeta lírico alguém que pesasse mais de quarenta e cinco quilos."

M, especulo para tentar compreender o que se passou em meu corpo depois do fim. Você acha que eu gostaria de ter vivido a literatura como uma chaga? Você pensa que me deleitei com a febre, o hospital, o isolamento? Era a minha carne "real" apunhalando o maldito e falsário escritor.

Tormento romântico? Suplício, Jacques? Você encara a doença como metáfora – e se ela não for só isso? A gente também adoece por uma eventualidade. O imponderável. Viver é estar a cada dia mais próximo da morte.

O amante rejeitado procura a razão para o término, mas a gente nem sabe como o amor se inicia e nem se existe. Se não é apenas egoico e narcísico. Você busca entender a doença, o amor acabado e o fim – isso é martírio e masoquismo. E engendramento literário.

O fato é que você segue nutrindo seu bacilo, e sufocado, ainda não consegue me nomear. Me chame pelo meu nome. Me nomeie! Chega de me (se) esconder.

Ainda não consigo. Preciso ainda dos resquícios para te esquecer.

Gravava o *audiobook* do meu livro, algo que tantas vezes fizemos em parceria. Nós o líamos juntos e nos admirávamos, lembra, M? Era tão bom: arte além do corpo, da alma e do tempo.

Ao recitá-lo novamente – agora sozinho em um estúdio qualquer –, interpretava e recriava um passado vivido a dois. Sofri saudades ao perceber que você subvertia e rasurava o meu texto em suas atuações. Embora eu tivesse concebido o livro, era a sua interpretação que o fazia vivo e que lhe dava forma. Que o transformava em parte fundante do mundo. Você se tornava mais essencial do que as próprias palavras, espaços e silêncios. M, revivi todos os sorrisos, as caretas, o virtuosismo e o fascínio da sua leitura e das suas interferências. Se eu pudesse resgatar alguns encantos, daria uma atenção especial aos artísticos.

Ainda não tinha conseguido escrever nada sobre você, porém essa gravação me rasgava em delírios inquietantes. Foi nessa mesma época que comecei a receber, ou sugestionar, mensagens engraçadas de um deus gozador. Lembro-me do rádio tocar "Reconvexo" quando estava indo para o estúdio no primeiro dia. E isso tinha acontecido uma outra vez: você em cartaz na minha cidade, e eu fugindo e me escondendo para não te assistir, enquanto ouvia, por acaso, a sua oração preferida. M, eu não fui te assistir porque tinha tanto medo de subir no palco, te agarrar e nunca mais te soltar. Mais cruel ainda, foi quando nas duas vezes que fui obrigado a voltar à sua cidade, você me surgiu na TV. Eu me enganava com uma outra pessoa e você aparecia encantada e sorrindo vermelha-esvoaçante.

Mas o que queria te dizer, M, é que a melancolia e a doença despertaram em mim um processo metafísico de crença. Passei a acreditar em mensagens divinas, nas zombarias de lúcifer, na intertextualidade da vida. Nos acasos da Wislawa: "O acaso mostra as suas artimanhas. / (...) O acaso gira nas mãos o caleidoscópio. / Brilham nele milhares de vidrinhos coloridos. / E de repente o vidrinho de Joãozinho, / Tinguelingue – no vidrinho de M. / (...) O acaso anda enrolado numa capa. / Nela as coisas somem e se encontram / Tropecei nisso sem querer. / Me abaixei e apanhei do chão. / (...) O acaso olha bem fundo nos nossos olhos. / A cabeça começa a pesar. / Os olhos vão se fechando. / Queremos rir e chorar. / Pois é inacreditável." Essas crenças, sem dúvida, fomentaram ainda mais minha doença.

O nosso encontro foi casualidade, Jacques, e a nossa separação também. Você só reconheceu esses acasos – ou o destino – porque estava atento demais. Amor e paixão fertilizam o solo da ficção e da enfermidade. Quantas vezes essa música tocou e você nem percebeu? Quantas dicas o destino deu e o escritor, atento a um passado e a um futuro no qual a atriz não estava presente, não foi capaz de fisgar? Quantas vezes você adoeceu e não culpou a tristeza? É só no agora que você percebe a onipresença da contingência. Apenas no ato da escrita – mausoléu do ardor – que o escritor se dá conta da confluência do aleatório ao edificar uma imagem onde o então e o agora se encontram em uma constelação, como o flash distorcido de um relâmpago distante.

Infelizmente, estou trancafiado nessa sepultura de reminiscências – lembranças afastadas da consciência. Busco vasculhar o vazio, devassando o que insiste em permanecer nessa impermanência. M, você se torna símbolo para uma memória repleta de acontecimentos.

Lembro-me da nossa viagem para a Suécia, M. Quando recebi o convite para palestrar por lá, você chorou: "Você é do mundo, Jacques. Vai me abandonar." Estávamos em SP e você fazia uma peça. O escritor insolente vivia seu auge; a atriz melindrosa, uma suspensão momentânea. Lembro-me de que te convidei para viajar comigo. Seria a primeira vez que escritor e atriz atuariam juntos.

Em Estocolmo, enquanto falava sobre o meu livro, você o performava com sorrisos e fingimentos. Você revelava, M, uma atriz que não conhecia. Você lia arrancando encantos, ovações e paixões. A atriz, adulterando as palavras do escritor, brilhava. O escritor, usurpando o lampejo da virtuosa sereia, esbanjava uma falaciosa humildade.

A gente se completava, M, vivendo em um grande litígio de vaidades. Mas, naquele momento, o escritor se surpreendia com a atriz. Tornava-se servo, hipnotizado e aturdido pelo real da atriz e pela antificção da sua obra.

Agora, ao escrever com o poder depurado do passado, minhas desvirtuosas palavras compreendem o desequilíbrio do desejo. Ali, admirado pela atriz-amante, o escritor percebeu que só a abraçaria nas páginas de uma defeituosa ficção.

Não, Jacques. Não é verdade. Eu também estava tomada pelas suas palavras e pela minha invenção de você. Era só você ter se aproximado mais, Jacques. Era só você ter trocado a ficção pelo ato.

Se eu tivesse realizado o ato, M, nosso amor teria se acabado muito antes.

Nunca.

Talvez...

Eu me lembro dos seus perfumes, das suas roupas, dos nossos sorrisos de frio e da descoberta de um país pelos nossos olhos – novos e surpreendentes amantes. Estávamos nos tornando inéditos um para o outro. Lembro-me do seu carinho com as mãos machucadas pelo vento gélido e cortante, das suas pernas finas, secas e vermelhas, da coxa rosada – da marca dos meus dedos –, do odor dos cremes, dos zumbidos e zunidos dos silêncios. Do meu crescente desejo pelo seu ardiloso desejo.

O tempo do agora, M, do ato da escrita com o passar dos fatos, é entrecruzado. Não é mais possível distinguir realidade e sonho, consciente e inconsciente, fato e ficção, algo dado de algo imaginado, dia e noite, sono e vigília, viagem e lar, ser e estar, amor, desamor e doença. Eu te amava naquele momento, te amo neste instante, e tudo isso não passa de invenção.

Da nossa viagem, Jacques, recordo-me do seu mal-estar. Achei que a viagem seria péssima. Confesso que me surpreendeu e que foi muito bom. Sorte que a sua loucura teve seus minutos de suspensão. Mas o que ainda guardo em mim, Jacques, é a cidade – os parques, as estações de trem, as comidas, o hotel, os ladrilhos, os restaurantes, os cafés, os vinhos, o cheiro das ruas, as pessoas, a arquitetura, os museus, os olhos verdes, a elegância nórdica, as histórias, o sol, o brilho, o viver, a singeleza de uma flânerie. *Da sua companhia, Jacques, lembro-me apenas de flashes. Você, agora rasurado por outro amor, é neblina, rascunho, fragmento e resto. E nem posso dizer que lamento, que sinto saudades, que sinto vontades. Não me lembro. Você está acabado no meu eu.*

Permanece apenas a história escrita no tempo que agora se dissipa pelas suas palavras forjadas. Neblina, cenário, paisagem.

Você que é a minha neblina, M. Minha Diadorim. Minha Zambinella.

Desmemórias

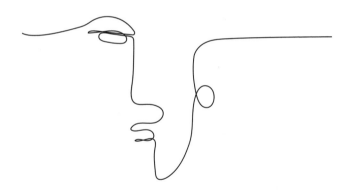

Foram dois anos tentando te esquecer. Deitei-me tantas vezes no divã. Elaborei, laborei, perlaborei histórias e invenções. Sonhei com você todas as noites por mais de um ano. A agonia e a doença me transformaram. Eu me vi Don Juan: não me interessavam mais o encontro, o ato amoroso e a realização, apenas a cobiça. Não foi justamente isso que você me ensinou? Eu trapaceava, preenchia o hiato, a lacuna, a sua ausência e o seu desaparecimento com leviandades. O pesar se tornava o meu estado perene. A melancolia culminou com uma febre infindável. O que era aquilo? No que você se transformava? Com que armas o meu corpo me apunhalava? Era você transmutada em doença, consumindo o que ainda restava do meu querer. O dissabor se deflagrava na minha carne.

Emagreci, tossi, não conseguia ficar desperto; parece que eu tentava te expelir da alma. As noites eram terríveis. A febre me alucinava: não sabia meu lugar no tempo e no espaço; você os assombrava em formas amorfas, em símbolos e arquétipos paradoxais e assustadores. Desintegração, desmaterialização, desatinos e pesadelos. O falar não adiantava. Calei-me, e te deixei intumescer ainda mais dentro de mim. As manhãs eram eufóricas, parecia que a transpiração havia me curado, mas então se fazia noite e, galopante, ressurgiam você e a doença. Era o passado devastando o corpo. Febre, chama consumindo retalhos. Eu me reencontrava com o ideal romântico: a imagem do amante doente arrasado por uma paixão "galopante". Keats, separado de sua Fanny Brawne, escreveu: "Se eu tivesse qualquer chance de recuperação dessa doença, a paixão me mataria." Só percebo agora, com os destroços do tempo, que estava dentro d'*A montanha mágica*: "Os sintomas da doença não passam de uma manifestação dissimulada do poder do amor; e toda doença é apenas amor transformado." Tive que escrever. Escrever não para eternizar, mas como uma forma de libertar as reminiscências que ferem. Livramento. Se a doença sufocou meus pulmões, a escrita aspirou-inspirou a volta de um ar poluído. Você sempre me questionava o que era real na minha escrita. O que de fato tinha acontecido e o que eu subvertia. Você se incomodava com as poucas linhas que havia dedicado aos meus outros encontros. Eles não significaram nada; depois que os escrevi, se extinguiram. Mas você ressignificou tudo. Você, pessoa, personagem, atriz, amante, protagonista e ilusão, compreenderá o engenho e os engendramentos das narrativas. O poder ilimitado da invenção. O descontrole do voo aleatório e contingente das asas da ficção. Você se sentirá uma deusa que pode revelar os segredos de pandora, ou apenas deixar que eles se apaguem nas ossadas e estilhaços do tempo? Sim, um livro é um órgão vital. É parte constituinte do escritor, do autor, do ficcionista. Alma, corpo e imagem da própria carne em decomposição. Respiração, inspiração, dor, sofrimento, gozo e desilusão. Um livro versa sobre um passado adulterado e sobre um futuro dissimulado. Este livro é você, sobre você, para você. Mentira. Último suspiro. A minha doença, que até agora não consegui pronunciar o nome, se iniciou no pulmão. Os pulmões são uma metáfora de vitalidade, de pulsão, energia, expansão do tórax, recepção calorosa e confortante da alma, quando saudáveis. Trabalham em estreita colaboração com o coração. Os pulmões são sensíveis, delicados, elásticos e extremamente vulneráveis às emoções, ausências, sufocamentos e congelamentos. Eles, quando combalidos, escurecem e se tornam um convite para a morada de doenças. A instauração do luto, da dor e das suas lembranças foram bloqueando meu ar. A doença e a melancolia fizeram morada. O esquecimento então se fez urgente. Assim como lembrar, há processos subjacentes e valorizados no esquecimento. Memórias podem desaparecer com o tempo se as conexões entre os neurônios enfraquecerem ou se memórias similares puderem interferir umas nas outras. Ao te escrever e te adormecer, recrio uma outra vereda-vertigem que te soterra, mesmo sem que eu saiba ou deseje. Meus neurônios marcados com seus cheiros, toques, cores, sorrisos, temperos, posturas e enredos vão se enfraquecer após a escrita. Decrépitos, obsoletos e mumificados aguardarão um escafandrista te ressuscitar. E ele nunca virá. Você se tornará apenas uma ligação quebradiça dos meus filamentos cerebrais, uma trama inacessível e sepulta. Você só poderá ser desvendada nas páginas de um antigo papel que exibia as lombadas e os aclives das minhas lágrimas, mas que agora são imperceptíveis. Logo após uma nova memória ser formada, seja um amor ou uma dor, a dopamina se encarregará do processo do "deslembrar", estimulando uma cascata de transformações químicas que vão arruinar uma série de conexões entre os neurônios. Estou debaixo dessa cascata, milhões de pingos não conservam mais nenhum resquício de você. Sinto esses pingos jorrando por um rio de recordações, que antes tentava reter, mas que agora se encaminha a um passado seco de gotas e fragmentos. Você começa a definhar. Transforma-se num castelo de pó que um dia o vento liquidou. Sei que esse processo químico tenta reter algumas memórias consideradas importantes, mas este livro vai te transformar. Vai destituir qualquer chama do seu registro. Louvado o cérebro e a literatura por serem capazes de tal dádiva: "Na verdade, é milagroso quando mantemos algo por um longo período de tempo, porque o cérebro está se livrando das coisas a uma taxa constante." Sim. Mesmo a bela atriz não se tornará nenhum milagre em mim. Apesar de algumas memórias poderem simplesmente desaparecer, com esta tinta sobre este papel, tornarei o esquecimento intencional impetrando rasuras e apagamentos. Proust sabia disso, mas o seu olvidar lhe custou mais de três mil páginas. A batalha não foi fácil, sonhava com você durante a escrita. No decorrer da doença e da ausência das palavras, sua fantasia me confortava. Podia rever e tocar seus sorrisos, seu brilho, a potência dos seus cabelos. Furtava a ardência de um suspiro, o perfume de uma lembrança. Acordava feliz com a fabulação, derrotado com a realidade. Mas agora o devaneio te mortifica. Você surge borrada, sem cor e sem brilho. Aparece em contornos quase indecifráveis, em curvas assimétricas e sombrias. Cabelos foscos-toscos, não lembram mais a sua violenta pigmentação. É por isso, por me obrigar brutalmente a apagar o arrebatamento dos seus cabelos, que não pode haver perdão no esquecimento. Nunca. No entanto, a doença me fazia ainda resistir. E tornou minha memória infalível. Eu me lembrava de tudo, de todos os detalhes, sentidos, sensações e circunstâncias com você. Era intolerável. Ainda posso te descrever pela última vez... os dedos do seu pé – lembro o segundo, terceiro e quarto dedos com um arredondado de grau superior aos outros. O quinto é levemente maior, curvatura um tanto suave para baixo. A cor da superfície tem uma doce tonalidade rosa. A textura da sola: sessenta por cento áspera, trinta por cento pluma, dez por cento envelhecida pela idade e pela corrida. O estilo do seu caminhar variava de acordo com o ambiente: desregrado em casa, gingado em cena, passadas largas quando se aborrecia, na ponta do pé ao conversar com sua filha e virado para trás – maquiavélica como uma Curupira rúbea – no momento do nosso fim. Os seus cabelos ondulados, redemoinho de fogo. Você, diabo no meio deles. Na parte posterior do seu pescoço, a fúria do cabelo tem início e espinhosas flamas irrompem retilíneas e eretas pelo turbilhão que começa a urgir. Vertigem de um tufão *rouge* e selvagem. À medida que o calamitoso encaracolar sobe pelo pescoço, os fios guerreiam – Hefesto, Hestia, Caco – e se expandem inflamados. Quando os libertava – medusa herética – e o seu olhar se desencontrava do público e dos amantes, mirando o infinito, a atriz destituía de vontade própria os seus devotos, agora completamente entregues pelo seu brilho. Sei que seus cabelos estavam presos quando nos miramos pela última vez. Nunca poderei me esquecer do seu perfume impregnado nas minhas lágrimas. O esquecimento, assim como a própria literatura, não é um sinal de uma memória defeituosa. Quando as memórias são adquiridas, os seus traços são armazenados por mudanças moleculares em redes de células, formando uma engrama composta por traços e marcas. Memórias armazenadas em engramas podem ser esquecidas "passivamente" pela perda de pistas contextuais e pela interferência na recuperação com o aparecimento de outras memórias similares. Alguns pesquisadores acreditam que o esquecimento "ativo" pode ser mais potente para apagar a memória do que somente os mecanismos psicanalíticos e passivos. Escrever é o meu processo ativo de esquecimento: com a ficção, apago partes de memórias recuperando fantasiosamente outras. Letras encobridoras. Será que algo funcionou? Sei que a desmemória é o sistema padrão do cérebro e da arte em geral. "Podemos ter um lento sinal de esquecimento crônico em nossos cérebros que basicamente diz que vamos apagar tudo, a menos que um juiz venha intervir e diga que essa memória vale a pena ser salva." Escrevo para trucidar até os rastros desse juiz. Retiro você de mim ao te colocar nessas páginas. Esse livro-órgão será lido, relido e rasurado, mas não conterá nenhuma, nenhuma outra emoção além desta rasgada. Sei que após o ponto final tudo repousará no passado. Já me livrei de tanta coisa ao escrever; agora, infelizmente, tenho que me livrar de você. Será que um dia você vai ler este livro? Ler e se recordar do que vivemos? Será que um milagre literário vai reavivar os seus sentimentos por mim? Será que é isso que desejo ou é o que mais me amedronta com a escrita? Tenho medo de insuflar sua raiva, sua ira, seu ódio, ou temo não te despertar nada? Receber como resposta o desprezo? Silêncio? Preciso corrigir este livro, você e as lembranças. Ser honesto antes de te deixar. Últimos sussurros. Suas peças preferidas nunca foram as que eu relatei aqui. Sua ópera-música sempre foi "Geni e o Zepelim". Seus livros, *Grande Sertão Veredas* e *Sarrasine*. Você, atriz-ator emaranhando desejos, mistérios e escombros. Trago a carta que gostávamos de ler para te revelar. Do Bandeira para o Rosa. Segredo e mistério. Nosso enigma. "E o caso de Diadorim, seria mesmo possível? Você é dos gerais, você é que sabe. Mas eu tive a minha decepção quando se descobriu que Diadorim era mulher. *Honni soit qui mal y pense*, eu preferia Diadorim homem até o fim. Como você disfarçou bem! Nunca que maldei nada." Sua peça autoral foi baseada no livro do Balzac. Como Zambinella, você enganou o autor e fez com que Sarrasine se apaixonasse pela linda e sensual ruiva. Papéis masculinos e femininos misturados. Zambinella é a ambiguidade: travestida de feminino, assim como Diadorim atesta a beleza do duplo. Ela é a metamorfose do híbrido, homem e mulher, ator-atriz. Para Virginia Woolf, a beleza está no constante vacilo de caminhar de um sexo ao outro. A atriz faz com que os sexos se confundam. Por isso eu te concebi assim, para ter coragem de te compor. Este livro é o meu grito de desespero. Uma releitura d'*A criança doente*, do Munch. Com 5 anos ele perdeu a mãe para a tuber-

culose. Em seguida, quase morreu com uma hemorragia pulmonar. Anos depois, morre a sua irmã, Sophie, também com problemas respiratórios. Jovem, o pintor vê seu amigo mais próximo se privar da vida por conta de um amor não correspondido, e ainda encara a morte do pai e do irmão. Sua irmã mais nova, Inger, enlouquece. Munch concebe a arte para suportar as dores do lembrar. Te encontro no quadro "Separação" e nas palavras do artista: "A profunda escuridão cor de púrpura sobre a terra. Sento-me sob uma árvore, cujas folhas começam a amarelar, a murchar. Ela se sentara ao meu lado – ela inclinara a cabeça sobre a minha. Seu cabelo vermelho-sangue me envolvera – enrolava-se em mim como cobras vermelho-sangue. Seus mais finos fios enrolaram-se em volta do meu coração. Então ela se levantou – não sei o porquê. Lentamente moveu-se em direção ao mar – cada vez para mais longe. Aí uma coisa estranha aconteceu – senti que havia fios invisíveis nos unindo. Senti que os invisíveis cordões de seus cabelos ainda estavam enrolados a minha volta. Mesmo quando ela desapareceu no oceano – senti ainda a dor em que meu coração sangrava, porque os cordões não podiam ser separados."
Não é irônico que alguém já tenha narrado e pintado a nossa separação? Nosso último suspiro foi teatral, como você sempre desejou. Há dias você não me olhava. Estava agressiva. Saímos e, na volta para casa, nas escadarias, realizamos o gozo-ato invertido. E o fim do seu desejo ativo e passivo de

me fazer te desejar, distanciou você de mim. No dia seguinte, tentava de tudo para chamar sua atenção. Num arroubo de coragem, disse que partiria logo após o Natal, dali a dois dias. Você não disse nada. Perguntei se gostaria que passássemos o Natal juntos. Silêncio e ausência que nunca imaginei que a atriz pudesse interpretar para o escritor. Disse então que partiria naquele instante, às cinco da tarde do dia 24 de dezembro. Você permaneceu impassível. Parti. Parti com a aliança no bolso e o sonho do pedido na noite de Natal. Mas, antes de ir embora, chorei em seu colo. Atriz-pedra. Parti: seu cabelo vermelho-sangue ainda me envolvia – eles ainda estavam enrolados e cravados em mim como cobras corais. Parti, fios invisíveis rompidos, laços arrebentados. Nunca mais nos encontramos. É tão breve o amor e é tão longo o olvido. A escrita é homenagem ao passado. Mortificação do afeto. O livro é um mausoléu. Sepulcro dos beijos, das carícias, dos abraços, dos clichês. Jazigo dos sentimentos. Repouso das palavras. Morte. Este epílogo também é a última dor que você me causa e os últimos versos que te escrevo. Resisto. Ainda não posso te deixar. Não te nomeei. Falta o seu nome e a minha doença. Fios vermelhos invisíveis ainda enlaçam ilusões. E se eu te encontrasse novamente? Se a gente pudesse conversar, sorrir, se esbarrar se querendo? Se você me olhasse, abaixasse o rosto com um leve sorriso, aprumasse o vermelho ondulante do seu cabelo por trás da orelha e ruborizada dissesse: "Oi, Jax", o que aconteceria na sepultura destas reminiscências? Como seria esse quase impensado recomeço? Quem seria você nesse reencontro? Quem existiu ou quem recriei aqui? Se eu te encontrasse com o fulgor de alguém que se levanta da morte, e tem a oportunidade de um respiro, de reviver carinhos, do retorno da alma ao corpo decomposto, você me abraçaria? Me amaria? Não. Por isso tive que te esquecer. Te esqueci no dia em que cheguei alucinando no hospital após um longo período de febre. Tínhamos trocado alguns e-mails e, inocente, sonhei um retorno. Eu me expus de novo, abri meu tórax, meu peito, meu busto, meus pulmões e minhas vontades. Revelei o tanto que ainda te amava e que todo o esquecimento e desmemória era ficção. Resgatei fotos, poemas, palavras e carinhos há muito soterrados. Sua ressurreição colocaria um ponto final na degradação desses anos. Você, torturantemente em silêncio, recusou. Naquele dia, o meu pulmão foi tomado. "Jacques, você vai ter que ser isolado." Sem respirar há tempos, fui diagnosticado com a tuberculose dos escritores e poetas românticos: Balzac, Bandeira, Bukowski, Burns, Camus, Chekhov, Éluard, Jarry, Kafka, Keats, Lawrence, Mansfield, Somerset Maugham, Maupassant, Moliere, O'Neil, Orwell, Pope, Rousseau, Ruskin, Schiller, Stevenson, Thoreau, Voltaire. Nesse momento, o escritor então se traiu. Escolheu viver a perecer com estas palavras. Então me obriguei a te esquecer. Precisei te assumir, me assumir, te nomear e nomear a nossa relação para seguir. *Honni soit qui mal y pense* – envergonhe-se quem nisto vê malícia. Seu nome, mistério. Seu nome, falta de coragem. Seu nome, enigma. M..., M..., M..., Mar..., Mari..., Mário. Nunca, nunca vou te perdoar.

Mário, meu Mário, nunca vou te perdoar por você ter me obrigado a te esquecer.

Dias depois, descobriram que não era tuberculose. Isolado, desolado, curei-me. Compreendi que não era amor. Era falta de coragem.

CONHEÇA OUTROS LIVROS

LIVRO FINALISTA DO
PRÊMIO JABUTI

Das distâncias entre as montanhas de Zahle e Santa Bárbara D'Oeste, entre 1920 e 2013, entre o império otomano e a ditadura brasileira, entre um avô e um neto e, da aproximação do fantástico com o autobiográfico, irrompe a narrativa deste romance evocativo, lírico e sensível sobre o medo e suas consequências.

A CARTA DE UM FILHO
ENVIADA AO PAI

que se encontra à beira da morte no leito de um hospital. Um ajuste de contas ou um catálogo no qual se elencam todos os ressentimentos acumulados ao longo do tempo. É preciso romper a semelhança, esse fantasmático e opressivo cordão umbilical que liga o filho ao pai — para que uma narrativa pró-pria possa se desenvolver. É preciso matar a figura paterna, matar o autor para que o filho possa se inventar como escritor e o texto possa existir.